好想趕快成為名偵探

東川篤哉
Higashigawa Tokuya

目錄

藤枝公館的完美密室

1

這裡是遠離烏賊川市區的深山山腰。在這個應該只有狐狸、貍貓或逃犯出沒的神祕地區，孤零零矗立一座西式豪宅。

是烏賊川市首屈一指的資產家——藤枝喜一郎的住處。

藤枝喜一郎年輕時，是在烏賊海釣船大顯身手的船員，後來從事餐飲業致富，隨著年齡增長改為投資股票與不動產，資產因而增加數倍，是傳說中的人物。他從來不做虧本生意，出版自傳是他唯一無視於成本的事蹟。

某些人稱他的人生是「完美遊戲」，也有人批判他是「烏賊川老千」。資產家經常毀譽參半，但是喜一郎的負面評價處於壓倒性的優勢。他在這種遠離人群的地方置產居住，或許是在意世間的苛刻批評。

烏賊川河岸櫻花盛開的三月底，春寒時期的黃昏時分。

一輛自用車在不斷落下的冰雨中造訪藤枝公館。開車的是身穿剪裁得宜的深藍色西裝，打扮體面、眼神銳利的男性——藤枝修作。

他的車靜靜穿過巨大正門，停在寬敞的庭院一角。忙碌撥開雨滴的雨刷另一頭，是藤枝公館的氣派玄關。

「終於……」

如此低語的藤枝修作是喜一郎的侄子，現年二十六歲，在喜一郎擔任大股東的某建築公司任職兩年多，在公司裡是前途無量的菁英人物。

理性、機靈又具備決策能力的修作，非常喜歡叔叔。喜一郎富有又節儉，而且沒有妻小，親人只有侄子修作一人。要是喜一郎發生什麼三長兩短，只有修作能繼承他「完美遊戲」的成果，修作不可能不喜歡他。修作當然希望這位最喜歡的叔叔早一天也好，不對，早一分一秒都好，盡快在完全不感痛苦、在許多人的惋惜之下啟程前往極樂世界。接下來，修作只需要連同叔叔的份，歌頌自己玫瑰色的人生。

這一天遲早都會來臨。

然而，現狀似乎不容許他靜心等待這一刻。

狀況進入這週時大幅變化。喜一郎偏愛的那位美女律師，忽然打電話給修作。電話另一頭的她，壓低聲音提出意外的詢問。

「你叔叔最近是不是有新的女人？」

修作重新回想喜一郎最近的樣子。聽她這麼說，就覺得喜一郎最近確實有點怪。喜一郎原本不在乎衣著，修作最近卻數度看見他穿得莫名年輕。討厭飾品的他，如今也戴過某人贈送的漂亮戒指。這麼說來，還聞過他身上散發柑橘古龍水的味道……

只要回想，就會察覺到好幾個疑點。不過，這又如何？

「他似乎想重寫遺囑。我不曉得將如何修改，但他反覆叮嚀一定要對你保密，所以只能確定肯定對你不利。總之你也別讓叔叔知道我告訴你這件事。」

順帶一提，這名欠缺職業道德的女律師，和修作處於比海還深、比沼澤還濃密的關係。多虧這層如膠似漆的關係，她才會透露這種利多機密給修作。她表示喜一郎和她約好下週見面，還在最後的最後補充一句暗藏玄機的話語：「那麼，加油吧。」

修作結束通話之後重新深思。叔叔打算改寫遺囑，侄子在這時候該如何對什麼事努力？難道要跪地磕頭哭訴，請叔叔重新檢討是否要重寫遺囑？還是忽然綁架叔叔，強硬威脅他絕對不准改寫遺囑？不，這應該都是徒勞無功。她期望的肯定不是這種錯誤的努力方式。

這麼說來，她提到下週要見叔叔。換言之，遺書很可能在下週改寫。現在沒空採取悠哉的手段。

那麼，得在這週行事。要在週末之前將叔叔順利送到天堂。非得如此。

修作瞬間就下定決心。但光是殺害還不夠，畢竟修作目前是龐大遺產的唯一繼承人，要是叔叔離奇死亡，嫌疑立刻會落到修作身上。修作要殺叔叔，得預先安排擺脫嫌疑，例如準備不在場鐵證。不對，不提這個……

修作百般思索，擬定一項周到的殺人計畫。準備萬全的修作在今天——週六傍晚勇敢造訪藤枝公館。

下車的修作，在瀟瀟細雨之中暫時遲疑是否該撐傘。最後他判斷無須撐傘，以皮製的黑色包包遮雨，快步穿越庭院草皮。抵達玄關按下門鈴，鎖上門鏈的門就微微開啟，從門縫露出單眼窺視的，無疑是喜一郎本人。

「嗨，叔叔，我來玩了，請開門。」

修作週末無預警造訪藤枝公館並不稀奇。喜一郎沒有特別質疑，開鎖招待侄子進屋。

「歡迎。來，進房用暖爐暖和身子吧。明明是櫻花的季節，今天卻特別冷。」

說出這番話的喜一郎，身上是厚長褲加毛衣的穿著，臉上浮現自然的笑容。

喜一郎恐怕……應該說肯定不曉得侄子的來意，這是修作至今持續扮演聰明乖侄子的成果。喜一郎很相信修作。

修作此趟是來殺害喜一郎。但他露出甜美笑容，絲毫沒透露行凶的氣息。

「我去房間放包包，等等一起喝兩杯吧。其實我弄到上好白蘭地，敬請期待。」

修作走向通往二樓的階梯，此時，後方忽然傳來叔叔的聲音。

「唔，修作，等一下。」

修作內心嚇了一跳，戰戰兢兢轉身。發生什麼不妙的事嗎？但喜一郎超乎他的預料，提出非常平凡的問題。

「白蘭地在那個包包裡吧？那就在這裡先拿出來吧，沒必要刻意拿著沉重的酒瓶上二樓。」

「……啊？」修作不禁語塞。叔叔說的確實有道理，但他不能在此時此地打開包包。他基於某個理由絕對不能這麼做。

「沒有啦，那個，白蘭地在包包最底下……在這裡不好拿……」

臨場編出這種謊言還算不錯。喜一郎露出「啊，原來如此，那就沒辦法了」這種認同的表情，修作見狀悄悄鬆了口氣。接著他迅速衝上樓，跑進二樓某個房間。這是他至今來過夜時使用的臥室。修作坐在床邊輕輕嘆口氣，拉開拉鍊看向包包裡面。

打開的包包裡，是近似巨大扳手的鋼鐵剪刀，這是能將鐵鏈當成尼龍繩輕易剪斷的特製鏈條剪。即使是叔叔，看到包包裡有這種東西，也肯定會懷疑修作。這就是他無法在叔叔面前打開包包的原因。

修作繼續把鏈條剪藏在包包，抱著白蘭地酒瓶回到一樓，以笑容掩蓋內心殺意，說出挑動喜一郎自尊心的話語。

「可以讓我看看久違的叔叔自豪的地下室嗎？我們一邊欣賞叔叔喜歡的名曲，一邊享用美酒吧。」

喜一郎二話不說點頭答應，立刻邀侄子沿著階梯前往地下室。

喜一郎自豪的地下室是視聽室。無窗的密閉小房間裡，擺著高價的音響與舒服的椅子。在保證提供極致音質的極致空間，大聲播放昭和時代的抒情歌謠欣賞，是喜一郎最喜歡的嗜好。若是加上白蘭地陪襯更是無從挑剔。他肯定會一邊聆聽石原裕次郎的名曲，一邊愉悅舉杯享受白蘭地。喜一郎原本就對高價美酒沒有抵抗力，而且喝醉一定會睡著，這是他的老毛病。今晚就讓他喝個痛快、醉個過癮吧。而且這個老千富豪沉睡之後，將再也無法醒來迎接晨光……

修作暗自冷笑，自行推開地下室的厚重門板。

後來轉眼就經過兩小時。陶醉在頂級白蘭地與迷人抒情歌謠的藤枝喜一郎，在椅子上安詳熟睡。他掛著下流的笑容，大概是在夢中的居酒屋和木之實奈奈對唱吧。

修作先離開地下室，回到二樓臥室，從包包取出白手套戴上，再從包包取出必要的道具。首先是牢固的繩子，再來是那把鏈條剪，以及一條短鐵絲。最後他再把一個用在最後收尾的道具藏進口袋，離開臥室。

修作立刻回到地下的視聽室。喜一郎在打鼾，已經熟睡。動手的時機終於來臨。

修作接下來要做的，說穿了就是「密室殺人」。

密室……真悅耳的兩個字！修作從小就愛看推理小說，密室是他的憧憬，打造密室的凶手是他尊敬的對象，解開密室之謎的名偵探則是英雄。他要殺害叔叔，而且是以自己沒有嫌疑的方式殺害。修作做出這個決定之後，他滿腦子都是密室殺人。

雖然統稱為密室殺人，卻也不是在密室裡殺人就好。到頭來，凶手進行密室殺人的好處是什麼？許多愛好者嘗試以各種形式分類，事到如今無須贅述，但是有效利用密室的代表性手法有兩種。第一種是偽裝成意外或自殺的密室，第二種是嫁禍給他人的密室。

前者不用多解釋。比方說，一名男性在密室腹部流血身亡，他拿著日本刀。看起來當然像是自殺（切腹！）。

至於後者，比方說密室裡除了某人腹部遇刺身亡，還有另一個人一起昏迷，想像成這種狀況就淺顯易懂。辦案人員依照常理，會認為既然一人是遇害者，另一人肯定是凶手。像這樣讓無辜的第三者背黑鍋，真凶就可以擺脫嫌疑。

以劇情層面來看，或許是後者有趣，但前者應該比較真實。

實際上，世上當成意外或自殺處理的命案之中，肯定有不少命案是以高超智慧巧妙策劃的密室殺人。這是修作的想法。

密室殺人是有可能的。萬全準備加上冷靜的行動力，就能將不可能化為可能！

修作對自己這麼說，接著立刻動工。但他不能立刻下殺手，有些事必須趁喜一郎活著時完成，就是要在各種行凶道具，留下喜一郎本人的指紋。

修作讓熟睡的喜一郎手指按在繩索與鏈條剪等道具上，留下他的指紋。這麼一來，這些道具都成為「喜一郎的持有物」。

修作完成這項工作之後，以戴手套的手拿起白色繩索，花點時間在繩索一頭綁一個人頭能穿過的環。修作將這個環套在熟睡的喜一郎脖子，接著繞到喜一郎躺的椅子後方，以肩背繩索的姿勢踩穩雙腳。修作與喜一郎處於背對背的狀態，只要以柔道過肩摔的要訣扛起喜一郎，繩索就會勒住喜一郎頸部立刻致命。

順帶一提，這種特殊的殺人方法名為「扛地藏」，這名稱頗有品味。

據說以扛地藏方式殺害的死者，很難和上吊自殺做區分——

筆墨難以形容的淒慘場面結束的數分鐘後。

因為扛地藏殺法歸西的喜一郎，以一條繩索吊在牆壁高處的金屬掛鉤。這個掛鉤原本是用來固定喇叭，但強度足以支撐人體重量。吊起來的喜一郎，雙腳稍微碰得到地面，不過雙腳能著地的上吊並不稀奇。

這樣就行了。修作對自己犯行的成果感到滿意，也覺得即使現在叫警察來這裡，警方或許也會極為平凡地判斷「藤枝喜一郎上吊自殺」。修作差點覺得乾脆維持這樣就好，卻立刻想到這樣違反原本犯行的宗旨。他重新思索，認定自己始終是要實現夢想中的密室殺人。

「本末倒置」這四個字瞬間掠過腦海，但修作決定不以為意。

他斷斷迷惘，終於付諸行動打造密室。

無窗的地下室，是最適合打造成密室的空間。出入口只有那扇厚重的木門，門把旁邊是必須以鑰匙開關的常見門鎖。不過鑰匙與門鎖不重要，本次密室需要的是門鏈鎖。門鏈鎖位於門的內側，剛好在修作胸口高度，現在沒上鎖，鏈條只垂在門框處。鏈條前端是熟悉的黑色鎖頭，上鎖時就是把這個鎖頭滑入門板的滑軌。修作實際上也是以這種方式從內側鎖門，地下室至此成為密室。

但是這麼一來，修作出不去。

接著修作拿起鏈條剪，將刀刃抵在最靠近鎖頭的鏈圈。朝著握柄施力，鋼鐵鏈圈就像是竹輪一樣輕易被剪斷，鏈條剪威力果然驚人。修作回收剪斷的鏈圈放入口袋，門鏈鎖只剩下滑軌裡的鎖頭，以及從門框垂下的鏈條。門鎖解除，修作走出地下室。

然而，這樣不是密室。

此時輪到短鐵絲登場。修作以這條鐵絲，串起剛才剪斷的黑色鎖頭與鏈條。站在門外的修作，將手伸入微微開啟的門縫，俐落動著指尖。這個工作需要耐心與細心，不過花費充足的時間之後，得到滿意的成果。黑色鎖頭與鏈條牢固相繫。雖然只是以鐵絲串起剪斷的部位，乍看卻是普通的門鏈鎖。何況從門外很難看見門後的鎖頭與鏈條結合處。

修作試著使勁拉門把。門只開啟約十公分，門鏈就完全拉緊，握著門把的手感受到拉扯的感覺。修作右手留著「門確實從內側鎖上」的觸感。

沒問題。這麼一來，肯定能騙過大多數的人。

修作靜靜關門，接著打開視聽室旁邊的另一扇小門。這裡是儲藏室，擺滿內容物不明的紙箱與各種工具。修作隨手將那把鏈條剪放在明顯之處。

修作關上儲藏室的門，鬆一口氣脫下白手套。

總之，今晚的工作就此結束。地下室表面上是密室，喜一郎在密室裡上吊死亡。乍看像是富裕老翁自殺的光景完成了，再來只需等待合適人選發現這個密室。

而且，修作自己也必須親眼見證這個場面。到時候會進行這項詭計的最後收尾。時間應該會是明天早上。外包幫傭會在上午九點來到藤枝公館。修作將在同一時間湊巧（話是這麼說，其實是按照預定計畫）造訪藤枝公館，和幫傭一起發現地下室的異狀。這就是他內心的構想。

這麼一來，自己暫時離開這座宅邸比較好？還是在這裡過夜方便明早行事？修作思考著這件事，離開地下室前往一樓。他走上階梯前往客廳的途中，視線不經意投向門廳。這一瞬間……

「哇啊啊啊啊！」

修作驚訝地放聲大叫。本應沒人的玄關有他人的氣息。

不對，不是氣息這麼簡單的東西。一名西裝男性大方坐在門廳招待客人的椅子，優雅翹起二郎腿哼歌。

「…………」修作當場凍結，凝視椅子上的男性。

聽到身後慘叫聲的這名男性，只有稍微歪過腦袋，悠然轉頭看向修作，輕輕舉起右手打個招呼。修作一瞬間以為他是熟人而搜索記憶，但無論怎麼想，這名男性都是首度見到的陌生人。

「你、你是誰……」

修作緊張地詢問。男性從椅子起身，以頗為親切的語氣回應。

「你好，藤枝喜一郎先生今晚約我過來見面，請問喜一郎先生在家嗎……咦，問我是誰？敝姓鵜飼，叫做鵜飼杜夫。」

2

「外面很冷，所以我擅自進來等。不，我當然在門口喊過好幾次，卻沒人回應。難道喜一郎先生不在家？」

自稱鵜飼的神祕人物毫不內疚這麼說，環視尋找大富豪的身影。表情緊繃的修作背脊流下冷汗，思考如何應付現狀。可以宣稱喜一郎不在家，要求這名男性離開嗎？不，不行。這名男性已經看見修作在喜一郎死亡當晚位於宅邸，如今趕走他也沒用。既然這樣，乾脆……

「啊，找叔叔有事？哎，其實我也剛到，卻沒看到叔叔，正在找他。啊，我是喜一郎的侄子，叫做藤枝修作。」

「這樣啊。不過真奇怪，喜一郎先生忘記和我有約？」

恐怕正是如此。喜一郎忘記和他有約，逕自和修作喝酒，或者是酒喝多之後忘記和他有約。無論如何，不速之客的登場，肯定使得密室殺人計畫被迫變更。

不過，算了。只是把明天早上和幫傭見證時要做的事，改為今晚就在這名男性面前進行。雖說是變更，也只不過是微調。比起面識的幫傭，他這個陌生的第三者更適合擔任密室的見證人。

「天啊，說真的，叔叔究竟跑去哪裡了？今晚天氣這麼差，他不可能外出。」

「天氣在三十分鐘前轉好，現在月亮都露面了。但無論如何，並不是令人想外出的夜晚。」

鵜飼說完，覺得很冷般聳肩。

「沒錯，叔叔肯定在屋內。不好意思，可以請你再等一下嗎？畢竟這座宅邸大到誇張……」

此時，鵜飼毫無前兆開口詢問：「喜一郎先生會不會在地下室？」

「咿……」修作感覺忽然有個冰涼的東西抵在背部，簡短慘叫一聲。這傢伙居然詢問這種事。「為、為什麼推測是在地下室？」

「既然我從剛才叫好幾次都沒回應，代表他應該位於聽不到我聲音的地方，既然這樣，他位於地下室就是最妥當的推測。這裡有地下室吧？喜一郎先生之前還洋洋得意提過這件事。」

「啊、啊啊，原來如此。」修作聽他這麼解釋就覺得很有道理，暗自鬆了口氣。「我確實還沒找過地下室。對，我去看看吧。」

修作若無其事般離開玄關，進入宅邸深處，在通往地下室的階梯前面，打發約三十秒的時間，接著再度回到玄關，一副納悶的樣子告知鵜飼。

「地下室怪怪的。裡面上鎖，所以肯定有人，應該是叔叔。但我叫他都沒反應，也感覺不到裡面有人……」

「嗯，這就令人擔心了。」這麼說的鵜飼，看起來完全不擔心。「或許是倒在室內動彈不得。方便也讓我看看那間地下室嗎？」

鵜飼這個要求，對修作來說是求之不得。修作立刻帶鵜飼前往地下室。兩人走下階梯時，修作再度詢問鵜飼。

「話說回來，請問你和叔叔是什麼關係？今晚來訪的目的是？」

鵜飼隨即露出「咦，我還沒說？」的表情，總算表明自己的身分。「你知道市區有一間『鵜飼杜夫偵探事務所』嗎？」

但修作無暇回應是否知道。鵜飼說出的「偵探事務所」這五個字，令他驚慌得不小心踩空，從階梯中段一鼓作氣摔到底。

「哇啊啊啊啊啊！」

「我是那裡的所長。喜一郎先生委託我調查一些事，我今晚就是前來回報……哈囉，你在聽嗎？」

修作在階梯下方疼痛不已。鵜飼別說同情，甚至投以責備的視線。修作發出呻吟微微搖頭。偵探？我怎麼沒聽說這件事……

身心都受創的修作，好不容易才緩緩起身。另一方面，鵜飼獨自迅速走到地下室門前，站在厚重的木門前方。

「啊，這是地下室的門吧。原來如此，打造得真氣派，感覺得到工匠的功力。」

偵探大幅稱讚門的品質與設計好一陣子，接著緩緩握住門把。

這一瞬間，修作感覺喉頭被掐住。不妙。以鐵絲串起門鏈鎖的詭計，應該足以瞞過幫傭的目光，但要騙過職業偵探的目光，只能說這種機關太簡單了。這個詭計肯定會被拆穿。認命的修作不由得撇過頭。別開那扇門！拜託別開！

然而，一無所知的鵜飼轉動門把往外拉。門打開約十公分時，因為鏈條緊繃而停止。響起「喀」的衝擊聲。

鵜飼右手放開門把，發出「喔」這個意外的聲音。

「所謂的門鎖原來是門鏈鎖，那就不行了。既然是門鏈鎖就沒辦法。如果是別種門鎖就算了，但我面對門鏈鎖無計可施，束手無策。」

該說冒失還是輕率，偵探沒確認眼前門鏈鎖的狀況，早早舉白旗投降。看來這個偵探的觀察力，甚至不如幫傭阿姨。原本要放棄的修作，心中點亮輝煌的希望之光。行得通！如果是這種程度的偵探，反而能輕鬆取勝！

「如何，很奇怪吧？既然上了門鏈鎖，就代表裡面有人。可是你聽聽……叔叔～你在裡面嗎～……看！我叫了也沒回應。這樣很奇怪。啊啊，或許叔叔果然急病倒下了！」

隨即，鵜飼不知為何斷然搖頭。

「不，喜一郎先生應該是上吊身亡。」

「什麼！」修作瞪大眼睛，盡顯驚訝之意。這傢伙為什麼知道這件事？修作隱藏亂了分寸的內心大喊：「你、你說這什麼話！觸霉頭！」

「不過，你看，從那裡不就看得見？」

「看、看得見？哪裡？」修作從門縫看向室內。

不可能看得見。修作吊起喜一郎屍體時，刻意挑選門縫看不見的死角當成吊屍位置。事實上，修作窺視時只看見CD櫃與音響設備。難道這個人是在試探？

修作露出疑惑表情，鵜飼則是在後方說明。

「沒看見嗎？你看，正前方的CD櫃上面有面小鏡子吧？在牆邊上吊的喜一郎先生屍體就映在那裡。」

「呃啊……」修作臉色蒼白。雖然是自己的所作所為，但是這樣何其失態。

話說回來，這個偵探明明完全沒察覺門鏈鎖的詭計，卻在這種細節發揮莫名的觀察力！這個人出乎意料不能小覷。

「總、總之，叔叔出事了！得立刻打開這扇門才行……」

「啊？」鵜飼冷靜反駁。「為什麼是這樣？喜一郎先生上吊了，我們應該避免進一步的行動，交給警察善後吧？」

「唔……」他說的確實沒錯，但這樣對修作來說很不妙。這扇門非得打開，否則他無法進行詭計的最後收尾程序。「沒有啦，所以說，這個……咦？唔唔！」

「怎麼了？」

「動了！」修作抱持死馬當活馬醫的心情大喊。「鏡子裡的叔叔身影動了！他還沒死！」

「咦？」鵜飼疑惑蹙眉。「慢著，再怎麼說，在那種狀況哪可能還活著……」他說完從門縫看向室內，立刻發出類似尖叫的聲音。「真的耶！剛才確實動了！」這個反應率直到連修作都嚇一跳。

鵜飼杜夫這個人，似乎意外地容易遭到暗示。實際上，屍體不可能會動，只是上吊的屍體雙腳著地不太穩，鏡子映出屍體微微搖晃的樣子。

不過，修作把握良機進一步說服。

「對吧！叔叔肯定上吊沒多久，現在或許還來得及救他，不對，肯定來得及！既然這樣，就沒空悠哉叫警察過來了。好，所以我得盡早打開這扇門救叔叔……唔？」

回神一看，鵜飼稍微離開門，並且放低重心，看起來像是準備擒抱的橄欖球員，也像是即將對決的相撲力士。修作來不及詢問他想做什麼，鵜飼就維持這個姿勢用力一喝，猛然撞向門板。片刻之後，他的身體隨著「噗哈！」的慘叫被門板彈回來，如同玩具娃娃在走廊地面滾動，手腳朝奇怪的方向扭曲。這個人是怎樣？

修作抱持近似恐懼的情緒而語塞，鵜飼無視於他，納悶起身。
「奇怪，密室的門只要是由偵探撞，大多會打開才對。」
「不、不可能打開的。門這麼厚重，一個人不可能撞得開……」
「既然這樣，這次你也一起來。上吧！」
「上什麼上，兩個人也撞不開的！」修作駁回鵜飼的邀請，並且提出預先準備的方案。「不提這個，使用工具吧。記得這間儲藏室，剛好有個適合開門的工具。」
修作說完打開旁邊的儲藏室，鵜飼隨即爭先恐後般衝進室內。陰暗空間雜亂擺放各種工具，看著這一幕的鵜飼展露激動情緒。
「原來如此，這個倉庫的工具挺齊全的。啊，你說適合開門的工具就是這個吧？嗯，任何門用這個都打得開，真的很適用。」
「對吧對吧，立刻用那個工具將鏈條……呃，等一下！你手上拿著什麼？」
「嗯？還會是什麼，就是斧頭啊？」偵探如同展示般，高舉手上的大斧頭。
「以斧頭劈開密室的門，這簡直是定例。好啦，很危險喔，快讓開！這扇厚實的門，我一次就會劈出一個大洞給你看。」偵探站在門前，高舉手上的斧頭。「預備……！」
「住手啊啊啊啊！」
修作忘我鑽到偵探與門之間，偵探順著氣勢一鼓作氣劈下斧頭。血腥慘案即將發生。然而修作有樣學樣伸出的雙手，在頭上數公分處接住揮下的斧刃，簡直是奇蹟的一瞬間。

「喔喔！沒想到你有空手奪白刃的造詣！」鵜飼佩服到聲音變尖。「但這樣很危險，請別表演這種不知死活的才藝。」

「這不是才藝！還不是因為你拿危險的東西亂揮！」

「是你說有個適合開門的工具吧？」

「誰叫你用斧頭破門？不是啦，是這個，這個。」修作主動從儲藏室拿出那把工具給鵜飼看。「是要用鏈條剪。只要用這個，就能瞬間剪斷任何門鏈鎖，是非常優秀的工具。」

「鏈條剪？一般家庭的倉庫為什麼有這種東西？即使假日嗜好是木工，這種工具也太特殊了。為什麼為什麼？為什麼有這種東西？」

「你、你問我我問誰？」

啊啊，好煩。不該把這個傢伙捲入案件才對。修作事到如今後悔自己判斷錯誤。「總之，原因不重要吧？既然這東西實際擺在眼前，就沒有不用的道理。好了，請開門將鏈條拉成筆直吧，我來剪鏈條。」

「好，知道了。」鵜飼率直依照修作的吩咐，以雙手抓住門。

修作將刀刃放在拉直的鏈條正中央，用力按下握柄。雙手傳來確實的手感，鏈條在修作與鵜飼面前斷成兩截。

就這樣，密室的門開啟了。

門還沒完全開啟，鵜飼就如同射出去的箭衝進室內。

「啊啊，果然……」

鵜飼一看見牆邊吊著的喜一郎就立刻跑過去，修作站在門邊，飾演嚇得佇立在原地的侄子，看起來像是過度恐懼與悲傷而無法跑向屍體。偵探在修作的守護之下開始驗屍。他應該會在把脈、聽心跳、確認瞳孔之後，確認喜一郎已經死亡。

大好機會來臨。修作趁著偵探專心驗屍，進行最後的收尾程序。

修作從口袋取出最後結尾用的小道具。是一條以手帕包裹的鏈條。和地下室門鏈鎖使用的鏈條種類相同，長度卻只有一般的一半，其中一邊繫著黑色鎖頭，鎖頭已經預先留下喜一郎的指紋。修作在殺害熟睡的喜一郎之前，將鎖頭按在他右手的手指。

接著，修作看向門板內側的滑軌，上面當然也有同樣的鎖頭。剛才剪成一半長度的鏈條，以鐵絲和鎖頭相連。這東西不能落到警方或偵探手中，因此需要最後的收尾程序。

修作從滑軌抽出鎖頭收進口袋，以手帕裡的黑色鎖頭送進滑軌取代。這個鎖頭不是以鐵絲，是以正常形式和短鏈條相連。

修作眨眼之間換掉鎖頭。

轉身一看，鵜飼正專注檢驗喜一郎的屍體，看起來沒懷疑這邊的行動。沒問題。修作鬆了口氣，遲一步跑向喜一郎的屍體，提出他早就知道答案的問題。

「叔……叔叔果然死了嗎……」

「很遺憾。」鵜飼搖頭回應。「剛才屍體看起來在動，似乎是我們如此期望產生的錯覺。」正確來說，是容易被騙的偵探產生的誤解。「好啦，既然這樣……」

鵜飼從西裝口袋取出手機，但修作出言制止。

「你要報警吧？那由我來吧。你不是這個家的相關人士，我報警比較自然。我去用一樓的家用電話打一一〇，請你留在這裡。我立刻回來。」

修作單方面告知之後，逃走般衝出地下室，就這麼快步跑上一樓，穿過電話所在的客廳，筆直前往廚房。他蹲在古老地板一角，朝地板伸手以指甲一抓，就拿起一塊木板，底下是一個洞。這是修作以前就知道的祕密空間。他將那條以鐵絲動過手腳的鏈條藏進去，再把木板塞好，看起來只像是平凡的平坦地板，這樣應該就不用擔心有人發現。

修作完成密室詭計收尾的最後工作之後，不由得振臂擺出勝利姿勢。接著他回到客廳，坐在單人沙發翹起二郎腿，將旁邊的話機拉過來，以拿話筒的手撥打一一〇。

「啊，喂，警察先生嗎？不得了，我叔叔上吊自殺……」

3

修作報警之後，意氣風發地回到地下室，發現鵜飼站在門前，專注看著剪斷的鏈條。修作不太安心地詢問。

「那個門鏈鎖哪裡可疑嗎？」

「不，看來沒動過手腳。門鏈鎖原本就沒什麼動手腳的餘地，畢竟不可能從外側使用針線上鎖。」

鵜飼說完，再度走向吊在牆邊的喜一郎屍體。

「看起來是自縊，也就是上吊自殺。四肢末梢開始出現屍斑，可以推定死亡約三十分鐘，也就是說，我們察覺地下室異狀的時候已經太遲了。」

「這樣啊……」修作佯裝失望，微微嘆了口氣，接著以右手拍向牆上某知名歌手的海報。「混帳！我無法相信，叔叔居然……居然用這種方式自殺……」

「是的，我也無法相信。而且這應該不是自殺。」

這一瞬間，修作驚訝過度導致右手使力，縱向撕掉海報上知名歌手的臉。鵜飼愕然看著修作突如其來的反應。修作左右搖晃撕下來的海報碎片掩飾。

「不不不不……這是自殺吧！怎麼看都是自殺。因為你也看見了吧，這是密室，密室！而且是門鏈鎖的密室。叔叔在這間完美密室獨自上吊身亡，如果這不叫自殺，還能叫什麼？」

「叫命案。」

「……呃！」被說到痛處的修作，不由得將海報碎片撕成兩半。「你、你為什麼認為是命案？請告訴我推測的根據！」

「這原本是機密……」鵜飼以此為開場白開始說明。「喜一郎先生委託我調查某件事，我今天是來報告的。我剛才就這麼說過吧？至於調查內容，具體來說就是確認某位年輕女性是不是喜一郎先生的親生女兒。是的，喜一郎先生沒有妻小，但確實有一位女性繼承他的血統。喜一郎先生想和這名女性一起生活。不過凡事都有萬一，所以他為求謹慎，委託我調查這名女性的身家，就是這麼回事。是的，我確認這名女性無疑是喜一郎先生的親女兒。」

修作聽到「女兒」這兩個字，心裡就有底了。喜一郎突然想改寫遺囑的理由、突然開始在意服裝的理由，果然是因為女人。然而雖說是女人卻是私生女，這一點令他意外。「就算叔叔有女兒，哪能斷定他不是自殺？」

「因為，夢想和女兒共度新生活的喜一郎先生，沒理由在這個時間點自殺吧？在心情上不可能。」

心情？什麼嘛，原來是這樣。修作暗自竊笑並且反駁。

「原來如此。不過人類的心理，他人終究無從窺知。以叔叔的心理為理由否定自殺的可能性，是不是有點強硬過頭？」

「確實。」鵜飼出乎意料乾脆地點頭。「那麼，我再提一個具體的根據。請看這條用來上吊的繩索，用來勒住脖子的繩結。」

「繩結？繩結怎麼了？」

「有時候，繩結會反應這個人的職業或人生經驗。看，這個繩結醜得像丸子吧？真要說的話，根本是個爛繩結。這不是喜一郎先生綁的繩結，因為喜一郎先生成功故事的出發點，是烏賊海釣船的船員，換句話說，他原本是漁夫。既然是漁夫，以繩子結圈易如反掌，例如有種基本繩結叫做『單套結』。不過這個繩結完全不一樣，應該是沒接觸過繩索相關工作的某人打的結，藉以將喜一郎先生的死偽造成自殺。」

「唔……」

修作對眼前的偵探刮目相看，這個推理很漂亮。這確實是命案，凶手是不會使用繩索的平凡上班族。修作對鵜飼意外敏銳的判斷力感到驚訝，卻依然老神在在。

「原來如此，或許叔叔確實如你所說，是被某人殺害。不過你也知道，叔叔是別名『烏賊川老千』的人物，肯定賺過黑心錢。在這座城鎮上，憎恨叔叔到想下殺手的人應該成千上萬。」

「不，應該沒上萬。考量到烏賊川市總人口，上萬太多了。」

「『上萬』只是譬喻！我的意思是很多人有嫌疑。何況，對，還有密室的問題。你對密室有什麼想法？」

修作半挑釁地這麼說。如果喜一郎的死是命案，凶手如何逃離鎖上門鏈的地下室密室？這正是本次案件的核心。偵探只要沒解開這個謎就無法破案。完美密室總是對凶手有利。

修作以嘲笑般的目光看向偵探。

「嗯，這或許是在完美密室發生的命案吧。」不曉得偵探是否知道修作的想法，他悠哉低語之後忽然改變話題。「話說回來，你報警了吧？哎，這裡是深山，警察應該還要一段時間才到，我們到上面等吧。畢竟要是繼續弄亂現場，警察不會給我們好臉色看。」

鵜飼指著散落在地上的海報碎片這麼說。他的提議確實很中肯，修作要是繼續在案發現場和這個人共處，他沒自信確認自己將會做出什麼事。修作和鵜飼一起離開地下室，沿著階梯上樓。然而在前往客廳的途中，修作視線不經意投向門廳的瞬間……

「哇啊啊啊啊！」

修作再度驚訝大叫。本應沒人的玄關有他人的氣息。應該說，又出現一名陌生男性。身穿羽絨外套的年輕男性，坐在門廳招待客人的椅子，張開大腿悠閒吹著口哨。

聽到叫聲的年輕男性緩緩轉過頭來，說聲「嗨，你好」輕輕舉起右手。看著這一幕的修作，已經完全不認為自己認識這個人，這傢伙肯定是偵探的朋友。兩人的行動模式酷似，所以修作一眼就看得出來。

「你是誰？」

修作詢問陌生青年，對方隨即緩緩起身，搔了搔腦袋回應。

「啊，我叫戶村流平，任職於鵜飼偵探事務所，類似偵探助手。我至今都在宅邸旁邊的車上待命，但鵜飼先生剛才打電話給我，我就這樣進來了。」

「打電話？」修作詢問站在身後的偵探。「你幾時打電話的？」

「當然是你打一一〇報警的時候。」

鵜飼只如此說明，就走向戶村這名青年，接著兩人只進行一次簡潔至極的對話。

「怎麼樣？」

「沒有！」

鵜飼似乎很滿意助手這句話，再度轉身面向修作。

「這樣就水落石出了。喜一郎先生果然是在密室遇害。」

鵜飼再度宣稱本次的案件是密室殺人。修作露出「事到如今還講這什麼話」的疑惑表情，鵜飼隨即指著修作的臉，以犀利語氣放話。

「藤枝修作先生，你殺了喜一郎先生。」

4

修作就這麼默默交互看向鵜飼與助手戶村。他不懂個中意義。

自稱偵探助手的男性突然出現，和鵜飼簡短交談，緊接著，鵜飼抱持確信斷言修作是凶手。為什麼？他為什麼能如此唐突看穿真相？難道眼前這名不起眼的三十多歲男性——鵜飼杜夫擁有超越人智的推理能力，是出神入化的名偵探？不可能。

修作繃緊表情，拳頭因為憤怒與不安而顫抖。

「不、不是我。你們說我是凶手只是胡扯。有證據嗎？你剛才也看到吧，現場是完美的密室啊！」

「是的，現場確實是完美密室。」鵜飼承認修作的說法之後，說出意外的話語。「所以你是凶手。」

「所以？『所以』是怎樣？莫名其妙！」

「好了好了，請別這麼激動。」鵜飼厚臉皮地親切搭著修作的肩。「你肩膀從剛才就在發抖喔，會冷嗎？」

「哪、哪會冷！」修作撥開鵜飼放在肩膀的手大喊。「我反而會熱。我之所以發抖，是因為你亂講話激怒我！」

隨即，鵜飼朝修作露出前所未有的嚴肅表情，窺視他的雙眼。

「不，應該會冷，肯定會冷。明明是櫻花的季節，今晚卻特別冷。」

「啊？」大喊的修作，氣息像是霧一樣白。

修作見狀，才晚一步察覺鵜飼這番話是真的。直到剛才，他都因為不斷緊張與激動而沒注意，但今晚確實很冷，也就是所謂的「春寒」。不過這又如何？這是櫻花季節常見的現象吧？慢著，話說回來真的很冷，太冷了，簡直像是季節回溯到寒冬……

這一瞬間，修作腦中掠過不祥的預感。難道，不會吧，怎麼可能！

修作佇立不動，鵜飼側移一步讓路。修作面前是宅邸的玄關大門。修作蹣跚走向大門，一鼓作氣打開沉重的門板。隨著吹進屋內的寒風，映入修作眼簾的光景是……

屋外是一整面的銀色世界。

「這、這怎麼……可能……」

修作愕然地無力靠在門邊，身體發抖不是因為憤怒或寒冷，是因為驚訝與恐懼。鵜飼無聲無息來到他身後。

「下到傍晚的冰雨，入夜之後變成雪。你似乎沒察覺，但我來到這座宅邸時，積雪已經完全覆蓋宅邸周圍。」

「…………」修作說不出話，鵜飼繼續平淡說明。

「請看那裡。外門到這個玄關有兩道足跡吧？一道是我的足跡，另一道是流平剛才留下的足跡。哎呀，這麼一來，殺害喜一郎先生的凶手足跡在哪裡？喜一郎先生大約在三、四十分鐘前遇害，但當時雪已經停了，月亮在天空露臉。要是凶手從玄關逃走，雪地沒留下任何人的足跡就很奇怪。那麼，凶手難道不是從玄關，是從窗戶或後門逃走？可能性很高。所以我命令流平沿宅邸繞一圈，尋找是否有別人的足跡。他繞宅邸一圈的足跡，從那裡就看得見。」鵜飼指向沿著宅邸周圍延伸的全新足跡。「流平搜索結束之後，回到我們面前。你也聽到他報告的結果吧？」

修作確實有聽到。他也總算得知「怎麼樣？」「沒有！」這段短暫對話的意義。原來「宅邸周圍沒有任何人的足跡」是這個意思。

「這樣你應該懂了。我造訪這座宅邸的時候，整座藤枝公館是以大雪覆蓋的完美密室。當時屋內只有看似自殺身亡的喜一郎先生與你兩人。密室裡只有兩個人，既然一人是遇害者，另一人肯定是凶手。換句話說，你就是凶手。藤枝修作先生，我有沒有說錯？」

「…………」

沒說錯。他的推理是完全依照常識的辦案推理。雖然距離出神入化的名偵探推理還差得遠，卻完全說中事實。修作差點軟腳跪下，卻還是拚命尋找偵探推理的破綻。此時，他腦中亮起一絲微光。

「對、對了，凶手或許還沒逃走……或許還躲在這座寬敞的宅邸伺機逃亡……」

「原來如此，並不是不可能。」鵜飼以從容的表情說下去。「既然這樣，請即將湧入這座宅邸的警察們確認這件事吧。只要他們找遍宅邸每個角落，或許會揪出我們不知道的真凶。」

如同等待鵜飼這番話說完，遠方響起警笛聲。烏賊川市警察登場了。修作像是不想再聽到警笛聲般關門，搖搖晃晃坐在附近的椅子上。

「不，無須搜索宅邸。除了我，這座宅邸就只有你們。陌生的真凶不可能出現。對，凶手是我，我殺了叔叔。還偽裝成他在密室上吊自殺……混帳，我明明覺得一切都會順利啊！」

然而，他徹底失敗。自以為將地下室打造成密室，上演一場完美犯罪，卻不知不覺和遇害者一起囚禁於名為「藤枝公館」的密室！

自己都覺得過於脫線，甚至無法當成笑話。

掛著自嘲笑容的修作，忽然抬頭看向鵜飼。對了，在扭送警局之前，想詢問這個可恨的偵探一件事。

修作詢問偵探：「你解開了那間地下室的密室之謎嗎？」

鵜飼隨即以名偵探不該有的冷漠態度回應。

「我不知道那種事。肯定是使用某種巧妙的做法吧。」

時速四十公里的密室

1

朝陽初升，一輛藍色雷諾反射陽光閃亮奔馳。

這裡是離開烏賊川市區西方數公里處，名為「白濱海岸道路」的沿海縣道，一邊是聳立的山崖、一邊是太平洋，雙向單線道的柏油路。一般人正值暑假的這個時期，這裡是最適合在白天開車兜風的地點，但現在時間是清晨六點，要兜風還太早。

此時，藍色雷諾不曉得基於什麼心態，如同要開上人行道般，硬是緊急煞車停在路肩。共兩名男性下車。從副駕駛座下車的是年約二十歲的青年，身上的夏威夷衫印著威基基海灘的落日光景。

另一方面，從駕駛座下車的，是在盛夏依然正經八百穿西裝的三十多歲男性。他一看到眼前閃耀銀光的海，不知道想到什麼，忽然脫掉上衣以右手拎在肩上，還硬是抬起單腳踩在沿岸護欄，做作地擺出感受海潮味的動作。努力假裝成大海男兒的他，感覺隨時會唱起加山雄三「若是徜徉在大海環抱的男兒……」的歌曲。

「若是徜徉在~大海環抱~」

「鵜飼先生，請別這樣。」夏威夷衫青年——戶村流平看到他真的唱出來，無奈地搖了搖頭。「現在沒空假裝自己是昭和時代的小霸王。」

出現在白濱海岸的神祕男性——鵜飼杜夫，好歹也是道地的私家偵探，在烏賊川市內某棟綜合大廈高掛「鵜飼杜夫偵探事務所」的招牌，祈禱世人健康平安，致力於減少犯罪與二氧化碳，是對地球很和善的名偵探。他參與的懸案多不可數，解決的案件屈指可數，但還是夢想著收入總有一天大於支出，是每天努力勉強維持收支平衡的堅強男子漢。戶村流平不只是鵜飼的助手，也是他的徒弟。

「不然也可以叫我『偵探事務所的小霸王』。」

「沒人會這麼叫你。」

鵜飼似乎對流平的冷漠態度失望，終於從護欄移開腳。

「總之，這種事不重要。我們大清早來到這個偏僻海岸，是要見某個重要人物。是對於擔任偵探的我們來說最重要的人物，也就是委託人小山田幸助先生，並且向這位小山田先生回報重要的事情。」

鵜飼面不改色進行這種聽到會不好意思的說明，接下來將手舉到額頭繼續補充。「那麼，小山田先生在哪裡？依照情報，他肯定在這附近釣魚……」

流平沒把鵜飼的話聽進去，隔著圍欄眺望海面。白濱海岸是漲退潮差距很大的淺灘海岸，現在似乎是退潮時段，放眼望去盡是正如其名的白色沙灘，遠方海岸線孤單豎立一座海灘陽傘，看得到人影。

「看來那就是小山田先生，好像還帶孩子過來……啊，走那邊的階梯應該可以通往海岸，去看看吧。」

朝鵜飼指的方向看去，那裡有一條長約五公尺，從人行道通往沙灘的水泥階梯。下半部殘破不堪，大概是長年受到海水侵蝕的結果。流平抱著不祥預感下階梯。

「鵜飼先生，請小心，這條階梯的水泥很脆弱。」

「不用擔心我，你才要小心。這裡有溼滑的海草，危險危險。即使不小心踩到這種東西滑下去，肯定也不會有人嘲笑。聽好了，絕對別踩啊，踩到就慘了。聽好了，絕對別踩啊，踩到就慘了……」

「知道了，知道了啦！你的意思是要我踩踩看吧？」

「嗯，踩看看吧，我想看你摔落階梯的樣子。」

我絕對不會踩！給我錢也不會踩！流平在心中做鬼臉，面不改色跨過海草走下階梯。鵜飼以嚼著無味魷魚乾的語氣開口。

「你啊，最近越來越不聽師父的命令，這樣沒辦法成為出色的偵探。」

「無妨，只要能活久一點，我寧願不聽話。好了，快過去吧。」

流平說著這種毫無夢想的感想，前往海灘陽傘所在的海岸線。

陽傘底下是折疊式的桌子與椅子，老人與少年在那裡相對而坐。老人身旁躺著一隻柴犬。這名老人肯定是委託人小山田幸助。小山田現年六十五歲，是當地頗為知名的建商。他當然很富有，但現在似乎完全是私人時間，身上是運動衫加短褲的輕便打扮。

另一方面，少年大概是小學高年級，看來是小山田的孫子。身穿黃色T恤、帆布五分褲，頭戴棒球帽，完全是孩童的穿著。

小山田幸助沒預料到偵探他們來訪，一看到兩人就露出驚訝表情，在折疊椅上挺直背脊，頻頻打量兩人。

「你、你們怎麼了？忽然來這種地方……」

「其實我們是臨時想告知您一件事而來，是很重要的報告。原本想以手機聯絡，但社長您手機似乎關機，我才直接前來。」

「這樣啊，那就沒辦法了。我釣魚時都會關機，不希望任何人打擾。」

「這是很聰明的做法。」鵜飼點頭環視四周，注意到四根架好的釣竿。「清晨和孫子一起海釣，看起來真快樂。」

「嗯，很快樂。這是我唯一的嗜好。但我其實不是清晨來釣魚，是從昨晚釣魚，正打算打道回府……話說回來，你所說的重要報告，果然是那件事吧？」

鵜飼面無表情，靜靜點頭回應。

「抱歉打擾您的假期，方便借一點時間嗎？」

偵探始終維持低姿態，但他的話語強硬得不給對方選擇的餘地。

「這樣啊，我不清楚是什麼事，總之說來聽聽吧。」小山田從椅子起身，輕摸相對而坐的少年頭頂，投以溫柔的笑容。「健太，爺爺要和這兩位談公事，不好意思，可以和阿班去旁邊玩嗎？」

「嗯，知道了。」喚為健太的少年率直點頭，從眼前立架的釣竿中拿起最短的一根，這應該是少年愛用的釣竿。雖說最短，卻也是約四公尺長的正統釣竿。

「那我去另一邊釣。班，走吧，我們釣一隻不輸給松方弘樹的大魚，讓爺爺嚇一跳！」（註1）

少年抱起釣竿與整組釣具，拔腿在沙灘奔跑，名為班的柴犬搖尾巴跟在少年身後離開。看來他想釣一隻三百公斤的鮪魚。委託人等待少年背影夠遠之後，再度轉向偵探等人勸坐。「總之，坐下吧。」

鵜飼理所當然坐在少年剛坐的椅子，流平站在同時看得見偵探與委託人的位置。

「好啦，要說什麼事？我委託你調查內人是否外遇，難道這部分有進展？」

註1　山口縣萩市的見島海岸舉辦的「釣黑鮪魚大賽」上，男演員松方弘樹釣到了五百二十五公斤的鮪魚。

「是的，確實有很大的進展。我們耐心盯梢，總算查出尊夫人的外遇對象。」

「這樣啊。雖然我不能高興，但這樣很好。我就是為此雇用你們的。不過，偵探專程在假日清晨六點造訪的理由是這個？那我覺得你以正常方式回報就行。」

「這部分發生一些狀況。」鵜飼注視委託人，說出重要的事實。「尊夫人的外遇對象遭某人殺害。而且地點是在行駛中的貨車，也就是在移動密室之中。」

2

這是距今約六小時前的事，發生在即將從昨天變成今天的凌晨。

事發地點是烏賊川市西方海角，近年打造完成的時尚度假區。富豪別墅與適合年輕人的住宅林立的此處，也有好幾間出租別墅。付錢就可以住兩天一夜的出租別墅，大受年輕家族或學生們的歡迎，對於想避人耳目的男女來說，當然也是理想的環境。但前提是沒有偵探盯梢。

鵜飼杜夫與戶村流平，在這裡監視一座鄉村風格的出租別墅。這間出租別墅名為「洋蘭莊」。兩人在黃昏時跟蹤一名女性的車子，來到這座洋蘭莊。女性名為小山田恭子，三十九歲，是建設公司社長小山田幸助的年輕妻子。她向丈夫說要參加同學會而來到這裡。不用說，出租別墅當然不是學生會的會場，小山田恭子驅車來到這裡，是為了和男人私會。

然而，小山田恭子進入洋蘭莊之後，再也沒人進入這間別墅。這麼一來，對方男性很可能在她進入別墅之前就已經抵達。

「……也就是說，兩人正在翻雲覆雨嗎……」

流平想像著點燈窗戶另一邊的光景，詛咒自己的立場。

流平將125CC的機車停在旁邊別墅的樹叢後面，單手拿著望遠鏡監視洋蘭莊後門。他持續孤獨奮戰，不自然的姿勢、熱帶夜晚的空氣，加上毫不留情襲擊的煩人蚊蟲，使他說不出話來。

另一方面，他的師父鵜飼則是將愛車雷諾停在附近停車場，坐在冷氣夠強的駕駛座，直到剛才都在聽夜間棒球轉播，如今則是聽著滿是愚蠢笑點的深夜廣播，監視洋蘭莊的正門玄關。即使同樣是偵探事務所的人，師父與徒弟的勞動環境，依然有著微妙又牢不可破的差別。

這時候，流平的手機開始震動。鵜飼打來的。流平立刻將手機抵在耳邊，以不高興的聲音回應。

「是，我是戶村。鵜飼先生，有什麼事？咦，哈囉～鵜飼先生，怎麼了～？」

『…………』手機另一頭，只傳來深夜廣播的愚蠢笑聲。後來鵜飼忽然壓低聲音下令：『說暗語。』

「啊？暗語……」

『對，鵜飼偵探事務所的暗語。快說。』

「你在說什麼？是我啊，我是戶村流平，你聽聲音就知道吧？咦，和平常的聲音不一樣？聽起來不高興？就算不高興，我還是我啊。何況你打電話到我的手機，怎麼還講這種話……啊啊，是是是，知道了，我知道了，我說就行吧？」

流平不情願的出聲允諾。話說回來，鵜飼偵探事務所的暗語是什麼？唔～記得應該是「黑貓、三花貓、招財貓」。嗯，肯定沒錯。流平輕輕吸氣。「準備好了吧，我要說囉……黑貓、三花貓！」

『好，OK。那就立刻進入正題……』

「喂～！在進入正題之前，你快說暗語啦！我已經說『黑貓、三花貓』，所以你要說『招財貓』吧？你沒回應哪叫做暗語？」

『哈哈哈，流平，你說這什麼話？是我啊，我是鵜飼，你聽聲音就知道吧？』

「……」原來如此，這確實是鵜飼。不是從聲音聽出來的，而是只有他會打這種激怒他人的電話。「知道了，算了……所以鵜飼先生，怎麼了？有動靜嗎？」

『不，這邊依然沒動靜。你那邊怎麼樣？』

「沒什麼動靜，窗簾依然關著。恭子夫人真的在私會嗎？我逐漸擔憂了。」

『嗯，她肯定在和男人私會，但還沒確定對方是誰。話說你不覺得奇怪嗎？我們在這裡監視至今約五小時，裡面的兩人從來沒出現在窗邊吧？他們在私會，理所當然會提防，但有點謹慎過度，我不免覺得對方或許早已察覺我們在監視。』

「或許吧，畢竟鵜飼先生的雷諾很顯眼……啊！請稍待！」流平忽然壓低音量，專注看著眼前的光景。「來了一輛車，是貨車。」

緩緩接近的這輛貨車，抓準位置停在洋蘭莊後門前。

「啊，停車了，是小型貨車，白色車身，貨斗沒裝帆布篷。啊，有兩人下車，身穿工作服，從後門進入洋蘭莊了。他們究竟想做什麼？」

手機另一頭的鵜飼，以略帶緊張感的聲音回應。

『那輛貨車應該是恭子夫人或幽會對象叫來的，我猜是要協助幽會對象隱瞞身分順利逃離。』

「對方果然察覺我們在監視，才會使用這個策略。」

『就是這麼回事。外遇對象恐怕會偽裝成某種貨物離開。八卦雜誌追蹤的藝人，經常以這種做法當成最後手段。流平，聽好了，穿工作服的那兩人，等等應該會從後門搬出很重的貨物，並且放在貨斗載走，你騎車跟蹤貨車，確認貨物送到何處。』

「明白了，那鵜飼先生要做什麼？」

『我留在這裡。貨車也可能是幌子。讓偵探注意力轉移到貨車，恭子夫人與情夫再趁無人監視的時候，手牽手悠然離開——或許是這樣的作戰。而且雖然機率很低，假裝貨物的也可能是恭子夫人，在這種狀況，留在洋蘭莊的就是幽會的男性，所以還是得監視這裡。因此我留在這裡，貨車交給你跟蹤。』

「…………」

鵜飼說得很有道理，但流平不知為何，覺得苦差事總是落在自己身上。他即使覺得無法釋懷，還是只能贊同這種做法。

「明白了，我負責跟蹤貨車。不過，男性假扮成貨物離開，簡直像是漫畫手法，一般人真的會這麼做嗎？我有點無法相信。」

『哼哼，你經驗不足，難免這樣懷疑。但走投無路的人，往往會選擇出乎意料、異想天開的手段。總之，你看著吧。』

電話另一頭的鵜飼露出自信的笑。就在這個時候，流平面前的後門開啟，工作服二人組再度現身。流平在這一瞬間佩服鵜飼的慧眼。

「好厲害……真的有人這麼做……正如鵜飼先生所說……」

二人組確實從兩側抱著大到誇張的貨物。這個貨物看起來像是木製的細長箱子，是時尚家具行賣的木製箱形椅。細長箱子上面是聊勝於無的矮椅背，長度足以讓兩個大人並肩坐下。椅面同時也是蓋子，打開會發現箱子裡是空的，可以當成收納空間，但如果是骨架小的成人，縮起身體就勉強擠得進去。椅子看起來就是這樣的構造。

流平將手機抵在耳際，說明眼前的狀況。

「穿工作服的兩人，正要將箱形長椅搬到貨車上，看起來很重。對，箱子裡肯定有人。啊，現在終於放上去了，貨斗只有那個箱形椅，沒別的東西。兩人上車了。」

流平一邊這麼說，一邊匆忙戴上全罩式安全帽，跨上自己的機車。

「貨車起步了。那我出發去追，先聯絡到這裡。」

『嗯，發生什麼事再聯絡。』

「希望不會發生任何事……」流平低語之後結束通話，慎重騎車起步。

3

從洋蘭莊後門出發的貨車，在別墅與住宅林立的區域忽左忽右更換路線行駛。流平注意著貨斗上的箱形長椅跟隨在後。再也看不到堪稱建築物的建築物時，貨車來到雙向單線道路。

這裡是通往東方的沿海縣道。右邊是海岸、左邊是山崖，沒什麼像樣的岔路，名為白濱海岸道路。筆直沿著這條路走，就會進入烏賊川市區。

由於時間很晚，海岸道路幾乎沒其他車子，應該也幾乎沒紅綠燈。既然這樣，大膽多踩一點油門應該也不要緊，但貨車以法定速限，甚至低於法定速限的速度，慢吞吞行駛於海岸道路。依照流平機車的時速表，時速大約四十公里。這是很理想的跟蹤速度，但也太慢了，甚至一個不小心就會超車。

「對喔，貨斗有人，所以不能開太快。這樣的話可以輕鬆完成任務。」

貨斗上的箱形長椅，小小的椅背朝向流平這邊，換句話說是面朝行駛方向，加上原本就是長椅，看起來如同貨斗出現一排臨時後座。長椅上當然沒坐人，但長椅裡躲著一個人。流平抱持確信繼續跟蹤。

縣道沒岔路，所以進入市區之前，無須擔心跟丟眼前的貨車，拉開車距應該也沒關係。如此心想的流平刻意減速。機車和貨車距離約五十公尺，流平注意維持這樣的距離跟蹤貨車。轉彎時，雙方距離也曾經一度拉開，但也不會造成太大的問題。以目前來看，這趟跟蹤比想像還輕鬆，反而使流平不安。

「慢著……該不會……」

流平不經意想像奇妙的事。箱形長椅裡應該有人。還不曉得真實身分的這個人，可能從行駛中的貨車貨斗跳車。比方說在大幅轉彎時，貨車會暫時離開流平的視線範圍。雖然只有短短數秒，但這段期間無人監視貨斗。躲在箱子裡的人，可能趁機衝出箱子，不顧一切斷然撲到路邊……

「哎，不可能吧。畢竟現在時速有四十公里……」

即使四十公里的時速對車子來說很慢，對肉身人類來說還是很快。在這種速度跳車，幸運的話只會重傷，不幸的話就是直接上西天，反而會造成騷動，對於想隱瞞外遇事蹟的當事人來說將是反效果。箱子裡的人也不會笨到不懂這種事。

「總歸來說，別跟丟車子就行……」

流平如此心想，專心跟蹤前方的貨車。

貨車約十分鐘走完這條七公里左右的海岸道路，分速七百公尺，時速是分速的六十倍，七百的六十倍是七六……七六？不對，是六七四十二，嗯，所以時速是四十二公里。還是概略當成時速四十公里就好。

走完海岸道路的貨車，進入烏賊川市區。交通量立刻增加。雖說如此，現在是深夜所以不會難以跟蹤。但在市區不能和海岸道路一樣維持太長車距，要是過於悠哉，不曉得對方何時會走哪條小巷逃走。流平緩緩加速，縮短機車與貨車的距離。

此時，前方貨車的遠處出現紅綠燈，是進入市區的第一個十字路口。

燈號是綠燈，卻忽然當著流平的面變成黃燈。走在前面的貨車，如同將燈號當成暗號，一鼓作氣加速。流平驚覺不對勁。利用紅燈或平交道柵欄甩掉跟蹤，是逃亡者的常用手段，貨車大概想直接穿過十字路口，甩掉這邊的跟蹤。可惡，休想得逞！流平將油門開到最大，順便將妄想開到最大。

「邪惡的祕密結社，休想逃！」

流平化身為追趕修卡的藤岡弘，在機車上極度前傾，這是以前的小學生騎腳踏車時經常模仿的姿勢。將風阻降低到極限的這種姿勢，往往會導致沒注意前方而釀禍，但全神貫注追捕壞蛋的改造人戶村流平，對這種危險視若無睹。他讓125CC的旋風號全速奔馳，從逃走的貨車後方猛然襲擊。

然而，企圖拚命逃亡的貨車無視於紅燈，迅速穿過路口……才這麼心想，貨車卻在停止線前方響起「嘰咿！」的煞車聲停下。「咦？」流平發出驚愕與絕望的叫聲。「不會吧啊啊啊啊！」

流平即使緊急煞車也於事無補，機車在下一瞬間狠狠撞上貨車車尾。他眼中的世界天旋地轉，整個人飛上高空，趴著落地，戴安全帽的頭遭受重擊。疼痛、恐懼、激動與緊張，使流平暫時動彈不得。

「…………」

總之，他只勉強知道自己沒死，卻不曉得自己究竟落在何處。不是泥土地、不是柏油路面，這種觸感是鐵——鐵板構成的平坦空間。也就是說，難道是貨車車斗？應該是這樣沒錯。機車撞上貨車車尾，飛上天的自己不曉得是幸或不幸，落在貨車車斗上。這種事不無可能。但跟蹤的人居然摔到對方貨車的車斗，聽起來實在丟臉。鵜飼聽到這件事，應該會對他烙上「不及格偵探」的印記。

至今還動彈不得的流平，聽到駕駛座車門的開關聲，接著上方傳來陌生的聲音。

「媽，不得了，你看這傢伙……居然死掉了……」

「哎呀哎呀，真是慘不忍睹……死掉了……」

從對話推測，兩人是母子，肯定是搬運箱形長椅的工作服二人組。這兩人正在審視貨斗，並且發現流平的「屍體」。

喂喂喂，等一下……流平在心中大喊。他確實摔得很慘，卻完全沒死。何況他們沒確認脈搏與呼吸，不應該斷定流平已經死掉，不准擅自下定論。

流平像是抗議般緩緩起身。抬頭一看，眼前是在貨斗邊緣觀察的工作服二人組。如今逃不掉也躲不掉了。流平抱持認命的想法，在兩人面前光明正大脫掉全罩式安全帽，吐出一大口氣。

母子兩人立刻說出不曉得是害怕還是驚愕的話語。

「媽，這這這、這傢伙活著！」

年輕男性是染褐髮、戴耳環的吊兒郎當外型。他顫抖指著流平，如同山藥的細長臉龐嚇得扭曲表情。

「這這這、這怎麼可能，我沒辦法相信這種荒唐事！」

母親頭髮燙過，髮色比起褐色更像金色。聽男性對她的稱呼，可以知道她是男性的母親，但是不知情的話，可能會誤以為她是年長十歲的女友。這名女性以掛在脖子的毛巾擦掉額頭汗水，頻頻打量流平的臉。

「你真的沒事？」

「呃……總之，姑且沒事。」

納悶的流平含糊回應。不過，總覺得不對勁。兩人沒怪罪流平撞到貨車，沒照顧受傷的流平，就只是對他還活著的事實難掩驚訝之意。怎麼回事？流平不明就裡時，褐髮戴耳環的青年以顫抖的聲音詢問。

「你、你流那麼多血，為什麼面不改色……一般來說，早就死了吧……」

「……血？」

流平心想不對勁，重新看向右手。一種奇怪的液體弄溼手掌。他將手舉到路口街燈底下眺望，手掌染成鮮紅色，如同鮮血的紅色……應該說，這是貨真價實的血。

「……呃！」流平慌張起身，確認貨斗的狀況。「這、這是！」

貨斗上完全是血海。大量紅色液體布滿貨斗。光景過於駭人，流平也亂了分寸，一瞬間以為是自己流的血，但當然不可能如此。大概是落下的姿勢很好，流平身上沒有堪稱受傷的傷。

「不對！這不是我的血！」

「既然不是你的血，那是誰的血？」

褐髮青年的詢問令流平回神。這麼說來，貨斗上不是有另一個人嗎？流平看向貨斗後方的箱形長椅。長椅底部的血量特別多。流平走向長椅，首度近距離觀察。

長椅本身是高寬各五十公分、長約一公尺的細長箱子，上面加裝三十公分的矮椅背，外觀確實像是長椅。流平朝椅面伸出手，果然和門一樣可以打開。

「這個箱形長椅裡面有什麼東西？難道是人……」

褐髮青年與金髮媽媽這對貨車母子，發出有些尷尬的呻吟，接著同時跳上貨斗。金髮媽媽推開流平抓住椅面，寬五十公分、長約一公尺的椅面如同門扉開啟，打開到可以靠在椅背的九十度角。眾人眼前出現一個洞。

「嗚……」

場中三人同時輕聲呻吟。

正如預料，箱子裝著一個人。頭髮是黑色的，臉朝側邊，是身穿西裝，個頭不高的男性。男性努力縮起身體，漂亮收納在箱形長椅的狹窄空間。

流平為求謹慎，伸手想碰男性的脖子確認脈搏，但他立刻打消念頭。男性脖子有道看似刀傷的傷口，是被割斷頸動脈而死。流出的大量鮮血漏出箱底，使貨車貨斗化為血海。

流平視線從箱中屍體抬起，看向愣在貨斗上的母子倆。兩人表情緊繃的樣子，就流平看來是打從心底受到震撼，如果是演技實在出神入化。總之流平詢問眼前的兩人。

「這個人是誰？」

母親以冷靜語氣回應。

「他叫田島吾郎。記得恭子說他是律師……」

4

「田島吾郎……原來是他啊……」

小山田幸助聽到意外的名字，嘆氣如此低語。

丈夫聽到妻子外遇對象姓名時，究竟處於何種心情？流平對此摸不著頭緒，但是至少眼前這位公司社長，並未展現大受打擊的態度，反倒像是努力試著極為冷靜地接受事實。他自言自語說明妻子的外遇對象。

「田島吾郎是去年起，在我公司擔任法律顧問的律師。他年輕又優秀，我也是基於信任而雇用他……這麼說來，首先推薦他擔任公司法律顧問的人，就是內人。原來如此，所以兩人當時就在來往……不，總之這種事不重要，簡單來說，兩人試圖愚弄我。嗯，我明白這一點了。」

小山田的話語，透露些許憎恨的情緒。他克制這股怒火，看向退潮海面。他的孫子在海岸線揮動長長的釣竿挑戰拋竿。健太少年後方的柴犬班嚇了一跳，「汪」一聲微微跳起。相較於這邊進行的嚴肅對話，那裡是和平悠閒的假日一景。看著少年開心玩樂，無論是糾纏不清的外遇，還是律師的離奇死亡，彷彿都完全是另一個世界的事。然而這絕對不是夢境或幻想，是流平數小時前親自體驗的現實。

小山田再度看向鵜飼，沉重開口。

「我想請教幾件事。首先是內人的行動。將情夫裝進箱形長椅搬出去，這種做法過於異想天開，我無法理解。內人究竟為什麼做出這種蠢事？」

「當然是為了隱瞞田島吾郎的存在，讓我們查不到外遇證據。」

「但從狀況來說，無論是否看得見這個人是誰，箱形長椅裡的人很明顯是外遇對象。運走箱形長椅的不自然行為，就證明她並非清白吧？光是這樣，就足以讓我決心離婚。無論外遇對象是誰都肯定會離婚。」

「我理解您的心情。但拍下箱形長椅的照片，也無法成為外遇證據。如果沒有外遇證據就離婚，必須經過雙方協議辦理離婚程序。在這種狀況，恭子夫人將以妻子身分要求分得相應的家產。反過來說，如果基於確切的外遇證據離婚，夫人甚至處於得支付精神賠償金的立場。您明白吧？對於恭子夫人來說，是否拍到外遇對象的照片，將在後續造成天壤之別，所以恭子夫人會拚命用那種方式找活路。」

「原來如此，考量到這個層面，就能明白她為何這麼做。這麼一來，我無法理解接下來的狀況。箱形長椅裡的田島吾郎是誰殺的？」

「是的，您的質疑很正確。而且他是在行駛中的貨車貨斗遇害。」

「這一點很奇妙。究竟是怎麼回事？依照你的陳述，我不懂究竟是誰以何種方式殺害田島。」

「是的，當然如您所說。」鵜飼裝模作樣張開雙手。「我們也還完全不曉得是誰以何種方式下手。」

5

發現屍體的母子——褐髮青年與金髮媽媽，並未當場報警。他們恐怕是小山田恭子夫人聘雇，避免外遇被發現的幫手。要是報警，恭子夫人的行徑將會曝光，這樣在各方面會非常棘手。即使是流平也想像得到這種狀況。
「我們公司就在不遠處，總之先去那裡。」
媽媽以不容分說的語氣告知流平。「小弟，你也一起來，我想問一些事。」
「呃，叫我小弟……慢著，我要在這裡下車……哇！你在做什麼！」
流平要走下貨斗時，褐髮青年在他面前，將撞壞的機車停在電線桿旁邊扔著，接著就這樣跳上貨斗。在流平卻步的時候，貨車像是服用禁藥的短跑選手猛然起步，流平就這麼在貨斗上，和屍體一起被載走，而且附帶褐髮青年的監視，大概是認定可能逃亡吧。總之流平下定決心，只能暫時和這個事件繼續打交道。
車子就這樣抵達一個有小門、小停車場與小辦公室，看似公司又像住家的地方。招牌寫著「搬家服務・三星貨運」。金髮媽媽說的「我們公司」，似乎就是這間貨運公司。
貨車停在自家用地一角的路燈正下方。白色燈光照亮貨斗上方。金髮媽媽走出駕駛座，輕盈地再度跳上貨斗，讓褐髮兒子隨侍在後，站在流平正前方。
「好啦，這裡不會受到任何干擾，可以平靜下來好好談。小弟，首先想請教你的名字。不對，問人的時候應該先自我介紹。」
這樣最好。流平正覺得沒辦法老是用「褐髮」與「金髮」當成代名詞。
「我是這間公司的社長星野康子，他是我兒子，也是公司職員星野敬太郎。雖說是社長與職員，我們也只是總數五人的小型貨運行。所以小弟你呢？」

「可以不要叫我小弟嗎？我是戶村流平，職業是，那個……算是打工族吧……」

「啊～不可以說謊。你是偵探吧？我知道。」金髮康子以真的什麼都知道的視線注視流平。「自從離開洋蘭莊，你一直在我們貨車後面跟蹤。你想拍下恭子外遇的照片當證據吧？」

「這個嘛，妳說呢？」流平含糊其詞。老實說，他不曉得在這種狀況，履行偵探的保密義務是否真的有意義。「總之，既然妳表明職業身分，我也願意說出我是偵探事務所的人，但不會進一步透露。」

「你用不著說，我也知道。委託人是恭子的丈夫吧？不用隱瞞。這是命案。雖然現在還沒報警，但遲早會驚動警方，這麼一來，恭子與田島的外遇，以及恭子老公雇用偵探的這件事都會曝光。你獨自隱瞞也沒意義。」

星野康子全部看透，看來她相當精明。

「唔，這樣啊，說得也是，妳說的沒錯。」流平愧疚的搔了搔腦袋，全面肯定她的說法。「話說回來，既然打算報警，早點打一一〇比較好吧？」

「我很想這麼做，但這個案件實在很奇怪，事情不對勁。確實釐清狀況再報警比較好。一個不小心的話，我們可能會被警方懷疑，因而接受無關痛癢的調查。

放心，就算晚二、三十分鐘報案，警方也不會抱怨。總之就是這樣，所以沒時間了，你老實回答吧。」康子犀利瞪向流平，以下巴朝沾滿血的箱形長椅示意。「那是你幹的？還是說，那也是某人的委託？」

「……………」原來如此，從她的立場就會這樣推測。流平恐慌地用力搖頭。「不是我。我只是騎車跟在你們的貨車後面。我一直騎在機車上，不可能下手。妳也有從後照鏡看見我吧？」

「確實有看見。一離開洋蘭莊，我就立刻從後照鏡發現你。行駛海岸道路時，你的機車一直跟在貨車後方遠處，並且在進入市區的第一個路口發生那場車禍。田島當時已經死亡。」

「對吧？所以哪裡有餘地質疑我？」

「好了好了，別激動，我並不是要把你塑造成凶手。你確實不像凶手，這我可以理解，所以才會反過來期待你告訴我。」

「告訴妳什麼？」

「殺害田島吾郎的凶手。」康子一副理所當然的樣子張開雙手。「命案現場在貨車的貨斗上。跟在貨車後面的你，等於一直在監視命案現場吧？那不就是絕佳的目擊者？要是有人在洋蘭莊到剛才的路口之間跳上貨斗，這傢伙肯定是凶手。對吧？」

康子說得沒錯，但是很遺憾，流平只能搖頭。

「我沒看到有人跳上貨斗。這麼說來，妳呢？沒從後照鏡看到貨斗的狀況嗎？」

「後照鏡不是用來看貨斗的東西。貨斗上面是後照鏡的死角，意外地看不見。所以我才會問你。」

「這樣啊。不過，我完全沒看到有人接近貨斗。」

接著，至今沒說話的敬太郎，忽然以粗魯語氣威脅。

「開什麼玩笑！以為我們會相信這種荒唐說法嗎？是你這傢伙在袒護某人吧？要是敢說謊，我不會放過你！」

相較於母親，這個兒子看起來不夠聰明。流平有些不悅，語氣稍微變得挑釁。

「那我請教一下，是誰用了什麼方法，接近以時速四十公里行駛的貨車貨斗？」

「這個嘛……不是有很多方法嗎？」

「比如說？」

「比、比如說……從天橋跳下來。」

「跳到正在行駛的貨車貨斗？怎麼可能。這樣很危險，成功機率也不高。何況來到這裡的路上有經過天橋嗎？」

康子說聲「沒有」搖了搖頭。敬太郎看到母親的反應，提出不同的方法。

「開別的車以相同速度並行，然後跳上車斗。這樣呢？」

「那條路是雙向單線道，不可能讓兩輛車並行吧？何況剛才有車子用這種特技行駛嗎？如果有，肯定會烙印在我與你們的眼底。」

「那麼，還有……對了！沒必要硬是在開車時上車。凶手是在我們貨車等紅燈的時候，悄悄跳上貨斗。就是這樣，肯定沒錯。」

比起從天橋或別輛車跳過來，這種做法的確實際得多。但流平確定這並非真相。

「沒等過紅燈。依照我的記憶，貨車離開洋蘭莊行駛海岸道路的時候，從來沒停過紅燈，剛才的路口是第一次與最後一次停紅燈。我有說錯嗎？」

「呃，那個……是、是這樣嗎……喂，媽？」

敬太郎向母親求助，康子隨即斷然回應。

「他說的沒錯。到頭來，海岸道路幾乎沒紅綠燈，就算有也是按鍵式，在行人很少的深夜，車道肯定都是綠燈，所以我們的貨車沒停紅燈就開到剛才的路口。而且我還可以斷言未曾因為紅燈以外的原因停車。」

「唔唔，可惡……既然這樣，媽媽認為是誰在貨斗上殺害田島？」

「這就是現在要想的事情吧？實際上真的死了一個人，肯定有某種方法可行。」

康子在貨斗上行走，神經質般以指尖輕敲太陽穴，敬太郎則是雙手抱胸沉默。眺望兩人的流平，主動向他們提問。

「反過來請教一下，這不是你們下的手吧？」

「那當然。我一直在駕駛座開車，兒子也一直坐在副駕駛座。」

「但你們是母子，有可能相互袒護。」

「你想表達什麼？」

「比方說，坐在副駕駛座的令郎打開車門爬到貨斗，將田島割喉之後再度回到副駕駛座，這樣如何？」

「在車子行駛的時候爬過去？」敬太郎無奈回應。「喂喂喂，別亂講。你以為我做得到這種職業武打替身在做的事？別看我這樣，我運動細胞很差。」

這個人在炫耀什麼？不過，他說的恐怕是真的。看他不像是鍛鍊過的瘦弱體格，實在不適合擔任武打替身。此時母親康子出言幫兒子緩頰。

「不提運動細胞的問題，如同剛才也提過，要是你前方的貨車發生這麼顯眼的事情，這幅光景肯定烙印在你的眼底。對吧？」

「說得也是，我想應該沒錯。」

嚴格來說，流平的目光並非連一秒都沒有離開貨車。有時候會瞬間看向儀表板，也曾經注意對向車輛，碰到較大的轉彎，貨車也會暫時從他的視野消失。雖說如此，也只是短短幾秒的事。一個人要在這麼短的時間，在副駕駛座與貨斗之間敏捷移動，果然是天方夜譚。如果車子靜止就算了，但貨車維持四十公里時速，而且隨時晃動。

「這樣的話，這個案件越來越不可思議了。有人在行駛中的貨車貨斗上遇害。如果受害者是被射擊武器打死，就還有方向可以推測。但這個受害者是割喉致死，換句話說，凶手持刀站在貨斗上，割開受害者的喉嚨。可是貨車離開洋蘭莊之後，沒有任何人接近貨斗，這代表沒人有機會行凶。箱子裡的田島吾郎，卻不知何時遭到割喉而死……」

眼前的神奇謎題再度震撼流平。

「真完美，毫無破綻。這是沒人能下殺手的完全不可能狀況。」

雖然難以置信，卻是事實。成功行凶的凶手，或許能夠瞞過所有人的耳目，在時速四十公里移動的空間自由行動。

6

見習偵探戶村流平難以考量時速四十公里密室的真相，因此他試著從另一個角度觀看這個案件，思索凶手為何在貨車上殺害田島吾郎。

行駛時的貨車貨斗，是迷人的殺人劇舞臺。如果是受邀以不可能犯罪為題材撰寫百張稿紙短篇的推理作家，應該會樂於挑選這種場所為舞臺。不過對於實際犯罪的人來說，這裡肯定不算是理想舞臺。不只危險又引人注意。風阻與車子的震動，對於凶手來說也很棘手。現實真的有殺人凶手，刻意挑選這種空間當成行凶現場嗎？流平非常在意這一點。

如此思考的流平，心中浮現一個當然該考量的可能性。「對喔，換句話說……」

「怎麼了？你想說什麼？」

康子疑惑蹙眉，流平將剛才靈光乍現的推理告訴她。

「難道田島離開洋蘭莊的時候就已經遇害？換句話說，箱形長椅裡的他，打從一開始就是屍體，不知情的你們受命搬運這個裝屍體的箱子。對，肯定是這樣！」

以這種方式解開懸案像是旁門左道，但罪犯往往會選擇旁門左道。在這種狀況，行凶的當然是小山田恭子夫人。這沒什麼好奇怪的，愛情糾紛容易成為悲劇的種子，恭子夫人殺害了情夫田島吾郎。流平對自己的推理自鳴得意，另外兩人卻失望地垂頭喪氣。

「原來如此，我很清楚你為何質疑這種可能性，但你錯了。田島是在我們面前主動鑽進箱子，並不是箱子裡一開始就裝著屍體。」

「唔……」這也是錯的？由於流平充滿自信，失望感也很強烈，但他無法輕易放棄。「我無法相信。可以說明當時的狀況嗎？畢竟在外面監視的我，完全不曉得洋蘭莊裡發生什麼事。到頭來，你們和恭子夫人及遇害的田島吾郎，究竟是什麼關係？」

「哎呀，看不出來？」康子像是真相簡潔易懂般說明：「簡單來說，我是『貨運人員』，恭子是『客戶』，田島是『貨物』。就是這樣的關係。」

「這樣啊……可以說明詳細一點嗎？」

「真拿你沒辦法。」康子進一步說明：「恭子剛才在洋蘭莊幽會，幽會對象是田島吾郎。而且偵探想拍下這一幕。這裡說的偵探就是你們。到這裡都懂吧？」

流平一副「當然懂」的樣子默默點頭。

「恭子察覺有人監視，所以打電話給我，委託我協助情夫偷偷逃走。」

「請等一下，只要一通電話，三星貨運就會接這種委託？」

「不是，我和恭子是老朋友。她知道我開貨運行，認為只要拜託我，就可以順利送田島離開。我當然不會因為是朋友就不收錢，是特惠價。我們用電話討論計畫。」

「妳們討論出來的計畫，是讓田島鑽進箱形長椅打包搬走？」

「對。洋蘭莊剛好有個裝得下一個人的箱形長椅，所以就拿來利用。我們預定讓田島鑽進箱子，送到三星貨運行，他再搭另一輛車從後門逃離。」
「原來如此，以這種做法，我肯定只能跟蹤到這裡。」
「怎麼樣，很棒的作戰吧？是我想的。」康子得意洋洋地挺胸。「就這樣，我和兒子一起開貨車到洋蘭莊。」
「妳在洋蘭莊見到活著的田島吾郎吧？」
「嗯，當然。田島在我們面前鑽進箱子，恭子也看著這一幕。蓋上箱子，就完成逃離準備。我與兒子從兩邊抱起箱子搬上貨車貨斗，你也有看到吧？我當時擔心箱子底部會不會壓破，幸好沒事。」
「是的，我確實也親眼看見。你們搬的箱子似乎很重，我立刻就知道裡面有人。這麼一來，當時是最後一次看見活著的田島吾郎。」
「用看的是如此，但我們在貨斗上還聽得到聲音。箱形長椅放好之後，裡面傳來『麻煩安全駕駛』的聲音，所以我保證當時肯定還活著。」
「接著貨車開走，我騎車跟蹤……」
議題至此回到最初階段。明明沒人接近貨斗，究竟是誰在行駛中的貨車貨斗上殺害田島吾郎？不行，這個不可能的狀況還是沒變化。
就在這個時候，至今默默聆聽的敬太郎忽然開口。
「等一下。仔細想想，只有一個人上了貨車貨斗吧？」

「咦？剛才不就做出結論嗎？沒有任何人在上面……啊！」

流平不由得驚叫。唯一待在貨斗上的人，而且至今成為盲點，沒成為議題焦點的人。這個人的名字如同閃電，掠過流平腦海。

「對喔，是田島吾郎本人！只有他一直待在行駛中的貨車貨斗上。啊啊，原本明明應該率先想到，我為什麼至今都沒想到？」

「你在說什麼？」

康子神情詫異，流平揮動雙手解釋。

「這是自殺啊，自殺！一般來說，要是在密室發現屍體，首先應該考慮自殺的可能性。時速四十公里行駛的貨車車斗，也可以形容為密室。既然這樣，當然應該考慮自殺的可能性。」

「自殺？」康子聳肩指著沾滿血的箱子。「在你眼中，那樣像是自殺？田島縮在那麼小的箱子裡，自己割喉自殺？」

「是的，用小一點的刀就有可能。田島以這把刀割喉之後，用盡最後的力氣將刀子扔出貨斗。他是從裡面打開箱蓋扔掉的。接著，用盡力氣的田島無力蜷縮，剛好裝在箱子裡斷氣，箱蓋自然而然關上，不久被我們發現……我有說錯嗎？」

流平看向敬太郎徵求同意，但敬太郎緩緩搖頭，不屑地反駁。

「荒唐。外遇又沒曝光，為什麼要在別人車上自殺？」

「呃，沒有啦，話是這麼說，但各人都有難言之隱……何況到頭來，先這麼說的是你啊？你說只有一個人上了貨車貨斗，我才以為你在說田島……」

「我的意思並不是田島自殺。還有一個人上了貨斗。」

「這樣啊……是誰？」

「就是你啊，是你！」敬太郎直指流平鼻頭。「剛才在路口出車禍的時候，你飛到貨斗上。換句話說，除了死掉的田島，你是唯一在貨車行駛途中上了貨斗的人。」

「…………」什麼嘛，原來是這麼回事。

流平無奈般搖頭。看來因為討論太久，這個人忘了一開始說的事。

「所以說，這方面剛開始就推翻了吧？我出車禍飛到貨車貨斗時，田島吾郎已經死了。」

「不，這種說法不正確。應該是我與媽媽下車跑到貨斗時，田島已經死亡。」

「嗯？這不是一樣嗎？」

「不，不一樣。我的意思是你摔到貨斗上的時候，箱子裡的田島或許還活著。」

「…………」

「你騎車追撞貨車，順勢跳到貨斗。驚覺不對的田島，應該會從箱形長椅探頭觀察狀況。你趁機持刀迅速割他脖子，然後將凶器扔到遠方，假裝倒在貨斗動彈不得，再被我與媽媽發現。換句話說，這是你高速行凶吧？」

高速行凶？原來有這種手法。敬太郎意外犀利的指摘令流平讚嘆，但現在不是佩服的時候。流平沒反駁就會成為殺人凶手。

「開什麼玩笑，既然這樣，那場車禍也是我故意撞的？我為了高速行凶刻意撞貨車？動彈不得也是作戲？不可能，我真的痛到沒辦法動。」

「但你現在挺有活力，根本就活蹦亂跳吧？」

「好痛……我、我的背……膝蓋……」

「裝什麼裝！」敬太郎怒斥流平，轉頭看向母親。「媽，我的推理怎麼樣？這次說的還算中肯吧？」

「嗯，聽起來是至今最可信的推理，不愧是我的骨肉。」

連幹練的康子也這麼說，流平慌了。「慢著慢著！金髮媽媽！」

「你說誰是金髮媽媽！不准隨便叫我！」

「抱、抱歉，我不小心太激動……不過，請不要連妳都被騙。仔細想想，高速行凶這種說法有很多破綻吧？只是因為至今的推理像是篩子，才會覺得底部開洞的水桶很了不起。」流平不滿大喊，再度走向貨斗上的箱形長椅。「請看箱形長椅周圍的血海。出車禍之後，貨斗就是這個狀況吧？如果是我高速行凶，就代表我殺他數秒後就變成這樣，這是不可能的。何況即使他從箱子探頭，我也沒辦法瞬間割喉……唔？」

此時，流平忽然看見意外的東西。從打開的箱子，看得見田島吾郎的屍體，他的後腦杓有一個地方留著血痕。原本以為是沾到脖子流出的血，不過看位置應該不是。至今眾人只注意脖子的傷，所以一直沒察覺。

「慢、慢著，請看這具屍體。仔細看會發現後腦杓也有小傷。」

康子與敬太郎露出疑惑表情，一起看向箱內，並且同時發出意外的聲音。

「哎呀，真的耶，而且這道傷看來不是刀傷。」

「嗯，應該是挫傷。槌子之類的東西打中頭部造成的傷。」

「對吧！」流平像是炫耀勝利般，誇示自己發現的新線索。「傷口共兩處，分別是脖子與後腦杓。也就是說，遇害者恐怕是後腦杓被硬物重擊，再被刀子割喉，是這種順序才對。怎麼樣，這樣就不可能是高速行凶吧？即使再怎麼高速，也絕對不可能瞬間以不同凶器攻擊兩個部位。」

就這樣，流平證明自己的清白。但是發現後腦杓挫傷，也同時完美消除流平提倡的自殺論點。無法想像死者是自己重擊後腦杓再割喉自殺。

就這樣，田島吾郎的死不像是流平、康子、敬太郎、恭子夫人或其他人下的手，也無法想像是田島自殺，命案完全成為懸案。三人的討論無法解開這種離譜狀況，只是在浪費時間。

「真是的，沒辦法了。」康子如同時限已到般嘆氣。「總之，既然是這麼奇怪的狀況，警方同樣摸不著頭緒，我們也不用擔心會被一口咬定是嫌犯。敬太郎，你去打一一〇報警吧，我聯絡恭子說明這邊的狀況。」

兩人同時取出手機，各自打電話。流平見狀總算回想起完全遺忘至今的那個人。這麼說來，他還在洋蘭莊監視恭子夫人，姑且必須向他報告這裡發生的事。慢著，沒必要吧？不，果然有必要。嗯，肯定有。

流平取出手機，撥打鵜飼的號碼。

「啊，鵜飼先生嗎？我是戶村。唔，那個……該從哪裡說起……」

流平有些猶豫，相較之下，電話另一頭的鵜飼，毫不猶豫說出這句話。

『先說暗語。』

7

就這樣，戶村流平和星野康子、敬太郎母子一起接受警方偵訊。流平的行動足以引起警方質疑，但星野母子的證詞在這方面救了他。星野母子的貨車持續行駛未曾停下，流平的機車一直跟在貨車後方。只要基於這個事實，即使警察疑心病再重，即使流平再怎麼容易引人質疑，也很難認定流平是嫌犯。後來流平在拂曉前獲釋，立刻和鵜飼會合，接著兩人在清晨造訪白濱海岸的小山田幸助。

「原來如此，我明白了。這確實是重要的事件，感謝你們回報。」鵜飼說到一個段落時，小山田慎重點頭回應。「但這種事越聽越令人難以置信，我無法判斷該怎麼做。警方怎麼說？」

「警察剛開始辦案，他們偵訊過星野母子與流平之後，肯定也會偵訊恭子夫人，看來還沒找上小山田先生。不過應該會在今天上午上門吧。如果前來的是烏賊川警局名為砂川的中年警部，請您多加小心。砂川警部不好應付。」

「刑警找我？他們找我有什麼事？」

「那還用說，當然是詢問您的不在場證明。遇害的是尊夫人的外遇對象，換句話說，您有殺害田島的動機，所以姑且列為嫌犯之一。」

「荒唐，居然當我是嫌犯，誤認也要有個限度。我剛剛才從你們口中得知內人外遇對象是田島，我要怎麼殺田島？」

「總之，您火冒三丈也情有可原。順便請教一下，您有不在場證明嗎？今天凌晨零點到一點這段時間是重點。」

「這段時間，我和孫子一起在這裡釣魚。這是健太和我很早之前的約定。最近開始學釣魚的健太想嘗試一次夜釣，我就帶他來了。我和健太從深夜到現在一直待在這裡，肯定沒錯。」

「原來如此，和孫子在這裡釣魚……」

鵜飼環視周圍遼闊的沙灘與眼前的海。不遠處的少年以生硬動作揮竿。鵜飼眺望這幅光景，緩緩搖頭。

「很遺憾，您孫子的證詞要當成不在場證明，可信度不高。至少警方應該會這麼判斷。」

「所以，你的意思是我在貨車行駛途中，在貨斗對田島割喉？我要怎麼樣才做得到這種類似超能力者的行徑？太離譜了。」

「哎，我想也是。您確實不可能做得到，這是當然的。但要是依照這個推測，這個世界上沒人能殺害田島。」

流平從鵜飼這番話，感受到他對委託人的質疑。小山田應該也感受到了，他如同要架開不悅視線般搖手。

「算了，總之我確實收到你們的報告，抱歉讓你們專程跑一趟。所以，你們只為了這件事過來？」

語氣聽起來像是「既然這樣，你們該回去了」。但是對於偵探來說，接下來才是重頭戲。鵜飼以觀察般的視線繼續追問。

「還要確認一件很重要的事。關於之前說的事成報酬，您還記得嗎？」

鵜飼所說的「事成報酬」，是指他順利證明恭子夫人外遇時，可以得到相應的獎金。說穿了類似職棒選手的獎勵契約。流平不曉得金額多高。

「我確實允諾過。所以你們認定這次的任務成功？」

流平感覺小山田像是在瞪人，內心有點緊張。不，本次任務當然不算成功，明顯是淒慘失敗……流平抱持愧疚聳肩示意，但他身旁的鵜飼厚臉皮挺起胸膛。

「當然是非常成功。我們確認外遇對象是田島吾郎，也完美證明恭子夫人有婚外情。您不認為嗎？」

「不認為。揭發恭子外遇的不是你們，這是多虧田島成為命案犧牲者，真要說的話，功勞在殺人凶手身上。難道田島是你們殺的？那就另當別論了，我可以特別發個紅包給你們。」

小山田出乎意料喜歡開這種黑色玩笑。鵜飼沒露出笑容，搖頭回應。

「千萬別這麼說，我們和命案完全無關。但以結果來看，這是我們鍥而不捨跟監得到的成果，我認為無法否定這一點……」

如果形容成牽強附會就沒戲唱了，鵜飼這番話卻頗有道理。實際上，要不是鵜飼耐心監視，田島就不會躲進箱形長椅，也不會上貨車貨斗，這麼一來，田島或許就不會死，也無法揭發恭子夫人的婚外情。先不判斷是非善惡，鵜飼的監視有其意義。

接著，小山田揮了揮手，像是敗給鵜飼的死纏爛打。

「好吧好吧，這次確實是特殊狀況，報酬這方面我考慮看看，改天再聯絡你。」

「真的嗎？我可以相信您吧？肯定喔，說定囉，不能反悔喔，我很相信您，所以絕對要喔，我絕對相信您……」

唉，這個人完全不相信委託人說的話吧？流平如此心想。好不容易願意考慮給錢的委託人，或許會因而打消念頭，流平反而擔心起來。

「啊啊，真是的，你這個人有夠煩！事情說完就快點離開吧！我最討厭的就是私人時間被打擾！」

「明白了，那我們就此告辭。」

鵜飼簡短道別，離開委託人。流平也行禮致意之後跟著鵜飼離開。兩人走在朝陽照耀的沙灘時，流平壓低聲音詢問鵜飼。

「鵜飼先生認為小山田先生可能是殺害田島的凶手吧？所以才會前來觀察小山田的狀況。對吧？」

但鵜飼就這麼看著前方，緩緩搖頭。

「小山田先生確實是嫌犯之一，不在場證明也稱不上明確，但小山田先生果然無法殺害田島。何況他沒有殺人動機，因為他依然愛著恭子夫人。他只是想查出恭子夫人外遇的證據，讓自己在離婚時占優勢。無論外遇對象是誰，我覺得他都不會真的想致對方於死地。但或許對恭子夫人多少抱持殺意吧。」

「那麼到頭來，你來這裡做什麼？」

「還用說嗎？我只是很擔心小山田先生是否願意支付事成報酬，才會來這裡！」

啊啊，這果然才是重點。流平瞬間接受這種說法。

「但你也看見小山田先生的那個樣子吧？看來我的擔憂可能成真。首先，他肯定不會支付事成報酬，打算巧立名目要賴……哼！」

偵探鞋尖踹向眼前延伸的水泥階梯，宣洩對委託人的不滿。殘破的水泥階梯稍微缺了一角。怒火未消的偵探，這次改為朝看不見的凶手宣洩情緒。

「話說回來，雖然不知道是何方神聖，但那個可惡的凶手真是多管閒事。田島吾郎死掉，害我們的生意變得不上不下。要是田島活久一點，我就即將完成任務了……這樣成何體統……」

鵜飼如同路邊的小混混，雙手插在口袋，抖著肩膀走上階梯。流平看他走路搖搖晃晃沒看路，不由得提出忠告。

「那個，鵜飼先生，比起生氣，走路小心一點比較好。看，那裡有溼滑的海草，請不要冒失打滑摔下階梯。絕對喔，絕對不能踩喔，絕對不能……」

「吵死了，你的意思是要我踩？哼，荒唐。我這個名偵探，怎麼可能做出這種陽春綜藝節目的行徑……唔？」

鵜飼爬階梯到一半忽然停下腳步，如同中了定身術動也不動。他在做什麼？流平有所質疑，接著鵜飼忽然發出「唔唔唔……」的聲音，一副靜不下心的樣子，往上跑數階之後又跑下來，然後雙手抱胸，在同一階左右來回。後來鵜飼再度想跑上階梯，腳跟卻在中途用力踩到溼滑的海草打滑，一鼓作氣摔到最下面。

「哇啊啊啊啊……」

「…………？」這個人究竟想做什麼？

流平啞口無言，看著師父摔落的最後一瞬間，接著忽然回神，謹慎踩著每層階梯前往他身旁。「鵜飼先生，不要緊吧？」

當然不可能不要緊。幸運的話重傷，不幸的話摔死，也有可能半身不遂。流平抱持這種不祥的預感，但他眼前的鵜飼如同從地獄深淵生還般緩緩起身。一般來說，偵探這種生物很難死，但流平這次終究無言以對。這個人肯定是摔落瀑布也不會死的那種偵探。

「等、等一下，鵜飼先生，現在還別動比較好……」

但鵜飼無視於擔心的流平，就這麼背對著他，低聲自言自語。

「……原來如此……是這麼回事啊……我終於懂了……」

8

鵜飼以蹣跚腳步，再度走回小山田幸助那裡，流平也跟在後面。剛剛才道別的偵探，不到五分鐘又走回來，小山田見狀露出疑惑的表情。

「哎呀，忘記拿什麼東西嗎？」

「抱歉屢次打擾您休假的興致。」鵜飼以愉快語氣說完之後恭敬行禮。「並不是忘記拿東西，其實我解開案件之謎了，所以折返想要告訴您。」

「這樣啊，感謝你特地告知……我很想這麼說，但其實我對這種事不太感興趣。對我來說，誰殺害田島都不重要。」

「總之請別這麼說，您願意聽嗎？如果我哪裡說錯，請您別客氣儘管指摘。」

沒人勸坐，鵜飼卻坐在眼前的椅子上，單方面開始述說。

「話說回來，我首先想問個問題。小山田先生，您剛才對我們說謊吧？」

「說謊？不，我沒說什麼謊。你問這什麼問題？」

小山田一副心裡完全沒有底的表情，但鵜飼不以為意說下去。

「我詢問您凌晨零點到一點是否有不在場證明時，您回答：『這個時間，我和孫子一起在這裡釣魚。』對吧？」

「我這樣哪裡說謊？這都是真的，我和孫子一起釣魚。相不相信是你們的事，但我發誓絕對沒說謊。」

「是的，那當然。您和孫子釣魚應該是事實，但並不是在這裡釣魚。」鵜飼指著眼前遼闊的沙灘說下去。「在這裡絕對沒辦法釣魚。凌晨零點到一點，距今約六、七個小時，既然現在剛好退潮，當時應該幾近滿潮，那麼這裡肯定位於海底。海底沒辦法垂釣吧？」

「呃……」小山田像是中了冷箭，嘴巴微微張開，不久之後稍微發出笑聲。「哈哈哈，你說的沒錯，這種事是理所當然吧？我說的『在這裡』只是『大約在這附近的海岸』的意思，並不是漲潮與退潮都待在同樣的地方。」

「當然是這樣沒錯。順帶一提，我不清楚這附近的地理環境，但是可以大略推測案發當時的狀況。比方說那條水泥階梯，上半部分很堅固，但是從中段開始，越往下就越受到海水侵蝕而受損，而且階梯上還長出海水滋潤的鮮嫩海草。我看到那一幕的瞬間就靈光乍現！」

正確來說，是踩到海草摔倒的瞬間靈光乍現。這種事不重要，所以流平也不作聲繼續聆聽。鵜飼進一步推理下去。

「換句話說，這附近只要滿潮，海水會高到那條階梯的中段，今天凌晨零點恐怕也是這種狀況。滿潮時間，海水高到陡岸，周邊的遼闊沙灘全沉入海底。那麼，您在這段時間究竟在哪裡享受釣魚樂趣？如果沙灘不能釣魚，就剩下陡岸。

既然是陡岸，就代表您在沿海道路的人行道釣魚。沒錯吧？」
「沒錯。我深夜確實是在沿海道路的人行道朝著海面垂釣。有什麼問題嗎？」
「不，這件事本身沒什麼問題，畢竟法律沒禁止。話說回來，這附近是知名的淺灘海域，也就是說，在這裡釣魚主要都是拋竿式的投釣吧？」
「是的……我說你啊，適可而止吧，這是在說什麼？你不是來說明案件嗎？」
「一點都沒錯，那我就來說案件吧。首先說明在下關發生的案件。」
「為什麼是下關！這種偏遠都市發生的案件，一點都不重要吧？」
小山田感到荒唐，語氣變得粗魯。旁聽的流平也覺得他難免生氣。但鵜飼不慌不忙，以自己的步調說下去。
「好了，請別這麼說。這件事耐人尋味喔。下關的關門海峽旁邊是國道二號，剛好和烏賊川市的白濱海岸道路一樣是沿海道路，並不特別，只是平凡的柏油路。但是行駛在這條國道的車，經常發生擋風玻璃忽然粉碎的意外，您知道為什麼嗎？」
「為什麼……天曉得。大概是有人惡作劇朝車子扔石頭吧？」
「不，不是石頭，也不是惡作劇。原因是釣魚。」
「釣魚？」
「海峽旁邊的國道，有群人在人行道朝海面享受釣魚樂趣。那裡是投釣好去處。投釣時，為了盡量將釣餌拋遠一點，釣客會大幅揮動釣竿。在這個時候，釣竿前端會在瞬間伸到車道，釣線前方的鉛墜如同鐘擺晃動，更加深入車道。要是車輛運氣不好在這時候經過，鉛墜就會碰撞擋風玻璃，導致玻璃破碎，這就是意外的原因。因此下關現在似乎禁止在沿岸道路釣魚。」

「什麼嘛，原來是講這個。這種意外不只發生在下關，這種缺德的釣客，去哪裡都看得到。」

「喔，果然有？」

「當然有。」

「那麼，這個烏賊川市果然也有……？」

鵜飼看著小山田這麼說。至今面不改色說話的小山田隨即扭曲表情。「……你、你想說什麼？」

「類似的事情，恐怕也發生在這條海岸道路。至今約六、七小時前，在滿潮的這個海岸，釣客站在人行道，朝海面享受投釣的樂趣。此時有一輛貨車經過，是貨斗載著箱形長椅的貨車。」

「…………」

「箱形長椅裡面有人，是田島吾郎。田島為了避免外遇被拍照存證，躲在箱形長椅裡。但是箱子裡很小，田島雖然個頭不高也是成年男性，沒辦法長時間躲在裡面。他恐怕是在貨車行經海岸道路時忍不住，所以打開蓋子探出頭。」

「這樣的話，貨車正後方的這個青年不可能沒看見啊？」

「這可不一定。蓋子寬約五十公分，椅背高約三十公分，要是蓋子九十度完全打開，蓋子就會高於椅背。但兩者只差二十公分，箱子加椅背共八十公分高的長椅，只稍微增加為一公尺高。小山田先生，您認為這個冒失青年會察覺這種些微差距嗎？」

「你說誰是冒失青年！」流平堅決向鵜飼抗議。

「嗯，原來如此，很可能沒察覺。」

「喂~你這傢伙也別擅自認同啊！」

流平不由得對委託人惡言相向，鵜飼連忙安撫。

「好了好了，流平，你冷靜下來。仔細想想吧，晚上那麼黑，貨車貨斗肯定也很陰暗。你保持相當的車距跟蹤貨車，而且每次轉彎，貨車就會暫時從你的視野消失，箱子的輪廓在這種狀況下，不知何時增高二十公分，如此而已。你難免沒察覺。」

那就別說我是冒失青年！流平心懷不滿，鵜飼無視於他說下去。

「打開蓋子之後，田島即使從箱子探頭，也不用擔心流平發現。因為打開的蓋子變成屏風，擋住後方跟蹤的流平視線。整理一下狀況吧。行駛在海岸道路的貨車，貨斗放著箱形長椅。蓋子是開著的，田島從裡面探出頭，而且騎車跟蹤的流平沒發現。到這裡您能理解嗎？」

「唔、嗯，我認為很有可能……」

「接下來才是問題。季節是夏天，而且是週六，非常適合夜釣。即將滿潮的深夜海岸道路，有釣客享受投釣的樂趣。這個人站在人行道，沒確認身後的狀況，盡情揮動長長的釣竿。要是釣竿長度達四、五公尺，釣竿前端將會大幅伸到旁邊車道，而且釣線前方的鉛墜會越過旁邊車道，延伸到另一邊的對向車道。那條車道是通往烏賊川市區的車道，也就是那輛貨車行經的車道。釣線前端可以延伸到那裡，對吧？」

「啊，嗯，應該吧。」

「如果釣線前方的鉛墜，在這時候撞到貨車的擋風玻璃，將會產生和下關相同的現象。但是鉛墜沒撞到擋風玻璃，而是撞到貨車貨斗上，從箱形長椅探頭透氣的田島吾郎後腦杓。他屍體後腦杓像是被槌子重擊造成的挫傷，其實是鉛墜造成的。」

「你、你等一下！」小山田連忙打斷鵜飼的說明。「田島不是後腦杓重擊而死，應該是割喉而死，凶器是鋒利的刀，那道刀傷怎麼來的？」

「沒什麼，很簡單。後腦杓與脖子的傷，幾乎是同時造成的。鉛墜命中田島後腦杓的下一瞬間，銳利的『刀刃』割開他的脖子。您知道是哪種『刀刃』吧？就是鉛墜前端，位於釣線最前端的極小『刀刃』。」

小山田如同受到鵜飼話語的引導，總算得出結論。

「鉤子！是釣鉤吧！原來如此，是釣鉤將他的脖子……」

「是的。鉛墜命中田島後腦杓的同時，釣線與釣鉤也立刻纏住他的脖子。下一瞬間，一無所知的釣客，不以為意地朝海面揮竿，貨車也繼續行駛。纏在他脖子的釣線與釣鉤遭到強力拉扯，導致他脖子上的釣鉤如同銳利的刀，瞬間割開頸動脈。」

「什麼！」

「成為凶器的鉛墜與釣鉤，在釣竿拉扯之下離開田島，回到釣客那裡。兩處受傷的田島倒在箱子裡，最後出血過多而死。人行道的釣客或許會感覺釣鉤拉到東西，卻沒察覺到具體來說以何種方式拉到什麼東西。另一方面，貨車也沒察覺貨斗上發生的事，繼續開進市區。」

「原來如此，是這麼一回事啊……」

「這都是眨眼之間發生的事。或許是在流平目光暫時離開貨車貨斗時發生，也可能是在貨車轉彎瞬間離開他視野時發生。假設流平親眼目擊這個場面，當時畢竟是深夜，釣線、釣鉤與鉛墜太小，速度又太快，他肯定完全看不出端倪。」

「確實沒錯。那麼，打開的蓋子為什麼會關上？」

「應該是隨著車輛震動自然關上的，說不定是在路口出車禍時的撞擊關上的。」

不久之後，星野母子與流平就發現屍體。」

「這樣啊。聽起來很奇妙，但或許如你所說吧。」小山田呻吟般說完點了點頭。「這確實是即使發生也不奇怪的意外……我問你，這算是意外吧？」

「當然。我實在不認為這種現象是某人蓄意使然。發現屍體時是那種狀況，所以乍看像是殘忍的命案，也像是幾近不可能的犯罪，如此而已。其實這肯定是許多不幸的巧合共同造成的意外。雖說如此，引發這個意外的人物，當然得背負過失致死的責任，畢竟出了人命。」

「原來如此，所以你的意思是，該負起這個責任的人物是我？」

小山田輕拍自己的胸膛，鵜飼裝傻般搖頭。

「哎呀，我從來沒這麼說啊？」

「我聽你這麼說就知道了。凌晨零點到一點在海岸道路投釣的人就是我。我一無所知揮竿的瞬間，釣線前方的鉛墜與釣鉤，打中貨車上的田島頭部，割開他的喉嚨。說來真有趣，就像是命運之神同情我這個戴綠帽的可憐人，讓我不知不覺成功報復。真的是命運的惡作劇。」

「那麼，您承認這是您的責任？」

「怎麼可能。你以為這種現實真的會出現這種因果報應？哼，不可能。」

「您剛才說過，這是『即使發生也不奇怪的意外』吧？」

「確實沒錯。但是只有我，再怎麼樣也不會引發這種意外。我沒那麼缺德，投釣時一定會注意後方的狀況，我身為資深釣客，自負在這方面絕對不會疏漏。何況深夜在這裡享受釣魚樂趣的人，肯定不只我一人。其中應該也有缺德的年輕人，或是注意力衰退的老年人吧。也可能是還不清楚釣魚禮儀的初學者……初學者……」

小山田忽然停頓，像是想到某件重要的事。鵜飼取而代之補足。

「是的，您說得對，這附近應該會有初學者，忘記在投釣時注意後方……例如那位少年。」

鵜飼指著遠方的沙灘。那裡有一名少年帶著一隻柴犬，享受投釣的樂趣。小山田立刻撞開椅子起身。

「別、別亂說，你講這種話有什麼證據！」

「沒什麼證據，我始終只是基於事實，推測很可能是那名少年。就我所見，那名少年投釣時不太注意後方。實際上，那名少年曾經沒注意四周就揮竿，導致他後方的愛犬嚇得跳起來。這裡是沙灘，不會造成任何狀況，但如果在海岸道路的人行道這麼做就很危險。就我看來，釣竿長度有四公尺，加上釣線長度，鉛墜與釣鉤應該可以輕鬆跨越到雙向單線道，無論貨車走哪條車道，都很可能出事。」

「這、這是牽強附會。這、這種說法能當成什麼證據？那孩子確實還沒學習釣魚禮儀，真的是初學者。就算這樣，你為什麼能斷言這次意外是他造成的？也可能有其他缺德的釣客吧？不，說不定資深如我，也無法保證絕對沒有疏於注意後方，你肯定也不曉得是誰的釣鉤割開田島的脖子。」

「嗯，您說得沒錯，我不曉得。畢竟我只是平凡的私家偵探。不過，警方或許會曉得。砂川警部偶爾會發揮犀利的推理能力，很可能和我一樣，在摔落階梯時得知真相。在這種狀況，警方有一張名為『科學辦案』的王牌。比方說，調查成為凶器的鉛墜與釣鉤，應該能找到附著在上面的極微量血液，要是和田島吾郎的血液相符，就會成為鐵證……順便請教一下，那名少年使用的釣竿器材，都和昨天一樣嗎？」

「對，沒換過。釣鉤與鉛墜都和昨晚一樣。但就算警方調查他的釣鉤與鉛墜，也不一定檢驗得到人類血液，可能檢驗不出任何東西。不對，檢驗不出東西的可能性反而高。在這種狀況，就能完全證明他的清白，代表這個意外是他人造成。」

「這樣的話，我就無話可說。不過……」鵜飼壓低聲音煽動對方的不安。「如果真的檢驗出來怎麼辦？那名少年還是孩子，當然不會遭受嚴懲就是了……」

「那你說該怎麼做？不對，不提這個，你想怎麼做？你要告知警方嗎？」

「怎麼可能。如果我要告知警方，就不會回來這裡。我的委託人是您，以我的立場，必須只考量您的利益而行動。您聽到剛才的推論要做出何種決定，得由您自己決定。看您要向警方說出一切確認真相，還是立刻拿走那名少年的釣竿，扯下釣線前端的鉛墜與釣鉤扔進海裡……」

「這、這種事……我的做法……還需要考慮嗎！」小山田一個轉身，朝著站在遠方沙灘的少年大喊。「喂～健太，現在立刻把釣竿……唔哇！」

小山田像是看到不敢置信的光景般大喊。流平感到詫異而看向少年，同樣驚訝得睜大眼睛。少年的釣竿大幅彎曲，簡直成為巨大的半橢圓形。白色沙灘響起少年亢奮的聲音。

「爺、爺爺，你看你看！這釣竿彎成這樣！是鮪魚，鮪魚！肯定是鮪魚上鉤！」

「唔，喂，健太，這不重要……」

「唔喔喔喔喔啊啊啊啊啊！」少年用力吆喝拉竿，但不曉得是幸或不幸，少年的氣魄撲了個空。「……啊！」

沙灘響起琴弦撥動般的聲音，同一時間，咬緊牙關拉竿的少年控制不住力道，一屁股坐在沙灘上。柴犬「汪」了一聲，小山田「啊」了一聲。寂靜片刻之後，少年露出失望的表情從沙灘起身。

「可惡，跑掉了！」少年懊悔大喊，以捲線器收回釣線，接著他驚聲大叫。「啊啊，線斷了，剛才的魚，居然咬走整組釣餌……爺爺，釣鉤跟鉛墜都被魚咬走了，怎麼辦～？」

少年露出天真的表情。小山田沒回應少年，就這麼無力蹲坐在沙灘。接著他像是要說服自己般深深點頭，反覆輕聲說：「太好了……這樣就好……這樣就好……」

鵜飼注視著委託人的背影，聳了聳肩輕聲咂嘴。「嘖，真遺憾！原本還期待能釣到多麼巨大的鮪魚……流平，你說對吧？」

「你是遺憾這個？」

魚咬走證明你推理的重要證據耶？還有，我想你早就知道，在烏賊川海邊釣不到巨大鮪魚喔。流平在心中如此低語，深深嘆了口氣。「鵜飼先生，我總覺得忽然筋疲力盡……」

從深夜到清晨傷透腦筋的離奇案件，在最後的最後卻是這樣收場。流平覺得自己遭到巧合之神的捉弄。鵜飼無視於這樣的流平，發出悠哉的聲音。

「總之，沒辦法了。這麼一來，真相將永遠沉入海底。喂，流平，繼續打擾他們也沒用，這次真的該告退了。那麼，小山田先生，我們就此告辭。啊，對了對了，小山田先生，最後想提醒一件事……關於剛才說的事成報酬，請您別忘了，一定要聯絡我喔。我會等待，我相信您，一定要聯絡喔，絕對絕對……」

偵探再三叮嚀，蹲坐在沙灘的委託人反覆點頭回應。

七個啤酒箱之謎

1

時期是酷暑白天與熱帶黑夜輪替，如同地獄的八月中。地點是從烏賊川市中心約十分鐘車程的住宅區——幸町。一輛藍色雷諾響起喘息般的引擎聲開上坡道。寧靜的車內響起死板的聲音。

「下一個路口，右轉。下一個路口，右轉。」

坐在駕駛座的是身穿平凡西裝的男性。他朝著儀表板旁邊的最新導航系統一瞥，輕聲說著「路口右轉……」打方向盤。車子轉進寬約五公尺的柏油路，道路右側是烏賊川支流之一——幸川，左側林立老舊的住宅。

行駛沒多久，眼前忽然出現「歡迎來到夢見臺」的大型告示牌。看起來是歡迎訪客前來，但告示牌本身殘破、生鏽又傾斜，令人很想現在就回頭。

這裡是堪稱幸町門面的住宅區——夢見臺的入口。夢見臺曾經是新興住宅區，正如其名，是烏賊川市民夢想、嚮往的市區。然而在落成四十年後的現在，老舊街道沒有昔日的影子。失去光輝的夢見臺，只剩下老化的建築物、高齡化的居民以及狹窄危險的道路。如今在整座烏賊川市，嚮往夢見臺的人肯定也是少數派。

一進入夢見臺，死板的聲音再度告知後續路線。

「下一個路口，左轉。下一個路口，左轉……看，那裡！」

死板的聲音忽然變成很有人性的聲音。「看，剛才那臺自動販賣機的轉角！鵜飼先生，你在做什麼啊！開過頭了啦，倒車倒車！」

「咦咦！流平，你說什麼？是剛才的小路？嘖，那不算路口吧，一般來說，那種路叫做暗巷。」

鵜飼緊急煞車，說著「真是的，你擔任導航也不成材」，朝副駕駛座的青年──戶村流平投以責難的眼神。流平是鵜飼杜夫偵探事務所第一號暨唯一的偵探助手。身上T恤、野戰外套、牛仔褲加登山鞋的戶外打扮，和穿西裝的鵜飼成為明顯對比。

「我是不成材的導航真抱歉啊，何況我不是導航，是人類……」流平暗自輕聲說出某人的名言，指向儀表板旁邊。「順帶補充，這東西一般也不叫做導航系統。」

那裡是以膠帶固定的一張紙，是鵜飼的偵探事務所昨晚收到的傳真，上面畫著夢見臺的簡略地圖。對於沒裝導航的窮偵探來說，只有這張地圖與流平的指引是最新型的導航系統。這個系統的最大優點，在於不用出錢安裝或維修，缺點在於只能抵達一個地方。

本次目的地位於地圖上的※記號。那裡住著一名古怪的獨居老人，不找別人，偏偏找上鵜飼委託工作。因此私家偵探帶著助手，在非假日的大熱天快樂開車外出。

「就在房仲店轉角的裡面。」

鵜飼迅速倒車，回到剛才開過頭的轉角，斜眼看著「藤原不動產」的招牌打方向盤。進入車輛勉強進得去的小巷之後，走不到二十公尺就沒路了。眼前是洋溢嚴肅氣息的日式大門。簡單來說，這條小巷是死路。

「嗯，和地圖一樣……哇，門雖然古老卻很氣派，肯定是有錢人。」

鵜飼在門前停車，拿著傳真地圖下車。之所以能這麼做，也是紙製導航才有的優點之一。流平跟著離開副駕駛座，隨即看向門牌。

「『田所誠太郎』……這個人獨自住在這裡吧？」

流平確認這位古怪老人的姓名之後，走向門柱的對講機。流平將手指放在通話按鍵，詢問鵜飼「要按嗎？」的時候已經先按一次。但是沒反應。接著按第二、第三次也一樣。對講機沒傳出聲音回應，也沒人開門探出頭。毫無反應的狀況，使得流平後知後覺般開始質疑。

「這位姓田所的老人，真的要委託鵜飼先生任務？是真的吧？不是鵜飼先生自己的願望，也不是單方面認定或幻聽吧？」

「那當然，確實是工作找上門。他說：『有件事想委託你，明天下午可以來我家嗎？』如果那是幻聽，就破我自己的最長紀錄了。」

確實，幻聽不可能這麼長，看來也不是個人願望或單方面認定。

「那他為什麼沒應門？」

「天曉得，難道是忘記有約？等我一下，我打電話看看。」

鵜飼取出手機，撥打手上傳真紙寫的電話號碼，但還是沒人接。鵜飼搖頭數次，默默闔上手機。

「真是的，都專程來這裡了，傷腦筋。」

偵探們像是受命等待的小狗，在門口束手無策。

「那位姓田所的老先生，想委託鵜飼先生什麼工作？」

「找寵物，要我幫忙找失蹤的貓。他說直接見面時再講細節，所以我沒問是哪種貓。不過貓叫做『小黑』，應該是黑貓吧。」

「會不會他雖然昨天那麼說，要找的貓卻在今天忽然出現？田所先生因而沒必要再委託偵探，但直接見面又很尷尬，所以假裝不在家。」

「原來如此，並非不可能。但我們有辦法確認他假裝不在家嗎？例如縱火……」

「沒錯沒錯。」要是在門前縱火，田所就會顧不得假裝不在家，慌張奪門而出。和夏洛克·福爾摩斯趕出壞蛋的手法相同……不對！「我們怎麼可以做這種蠢事！請想實際一點的方法啦！」

「嗯，在這種大熱天縱火，確實不太實際。」
「就算天氣涼也不能這麼做，你明白嗎？」
「我明白。既然這樣，就採取二號方案。」鵜飼迅速從西裝口袋取出鋼筆與名片盒，抽出一張名片，在背後寫下訊息。「唔～這樣寫吧。『名偵探現今駕到，晚點再和您聯絡』……這樣就行。」
「…………？」看到這段訊息的田所先生，肯定質疑「現今」究竟是幾點幾分。「寫這樣行嗎？」
但流平來不及提問，鵜飼就將寫下訊息的名片投入郵筒。
「這樣就行。」偵探輕拍雙手，宣告本日業務結束。「那麼，雖然時間有點早，不過去喝個啤酒吧。」
「…………」流平終究啞口無言。
不只是「有點早」的程度。時鐘指針剛經過下午兩點，太陽公公灑下耀眼陽光，認真的勞工將會更加揮汗工作的大白天，只有他們兩人以啤酒乾杯，這種行徑簡直活該遭天譴……
「鵜飼先生，棒透了！立刻找啤酒喝吧！」

2

夢見臺是住宅區，附近沒有居酒屋或酒吧，卻有傳統酒行，位於距離藤原不動產約五十公尺的另一個轉角。兩人在停車場停車，鑽過印著「丸吉酒店」的暖簾。店內古老的櫃子並排酒瓶，古色古香。說著「歡迎光臨～」迎接鵜飼他們的，並不是酒醉大叔的嘶啞聲，是輕盈悅耳的年輕女性聲音。流平不由得環視店內。

流平在店內後方，發現一名像是店員的少女。粉紅色T恤加上格子迷你裙，長長的頭髮綰在頭部後方，大概是高中生吧。乍看格格不入，但仔細看就發現她的T恤印著一個圓圈加上「吉」字。以身上衣著致力於宣傳丸吉酒店的這名少女，肯定是這間店的「活招牌」。

鵜飼從冷藏櫃取出兩罐啤酒，連同一張千元鈔擺在收銀檯。

「不用袋子。」

「咦，啊，是～……」

少女發出顫抖的聲音，不知為何神情緊張。找錢給鵜飼的動作也有些生硬。她究竟在害怕什麼？流平抱持質疑，和鵜飼走出酒行。他接過一罐啤酒，斜眼偷看店內的狀況，少女躲在展示櫃後方，像是在偷偷觀察。

那個女生是怎麼回事？流平像這樣分心時，走到車子旁邊的鵜飼忽然搶先大喊：「乾杯～！」

鵜飼擅自帶頭乾杯之後，立刻將啤酒罐送到嘴邊，咕嚕咕嚕大口暢飲之後，發出「噗哈～！」的愉快聲音，毫不害羞說出在這個場面最常聽到的話語：「簡直像是為了這一瞬間而工作啊！」

「平常有在工作的人才能說這種話。」流平如此挖苦，也將手指放在鋁罐拉環，準備享受幸福無比的一刻。就在這一瞬間……

「不可以～～～！」一個人影隨著拚命的叫聲迅速接近。轉身一看，一顆粉紅色砲彈高速射來。「喝！」

流平完全被這顆神祕砲彈命中，發出「咕噁！」像是蟾蜍被踩扁的聲音，啤酒罐脫手而出，在天空短暫飛舞。下一瞬間，鵜飼伸出左手，抓住差點落地的啤酒罐，另一方面，流平被砲彈打得順勢狠狠撞上鵜飼的雷諾車身，背部遭受重擊的他暫時停止呼吸。「嗚……為什麼？為什麼？」

流平背靠雷諾，不明就裡緩緩滑落在地。在他睜大的雙眼前方，一名少女輕盈起身。格子迷你裙、圓圈加「吉」字、綰起的頭髮——粉紅砲彈的真面目，果然是丸吉酒店的活招牌。這名少女深吸一口氣，握緊雙拳，閉著雙眼大喊：

「不可以～！酒後駕車是重大犯罪～！絕對不行～！」

原來如此。按著腹部的流平稍微可以接受。開車來到酒行的雙人組買兩罐啤酒，在店門前喝起酒，在這種狀況，理所當然會質疑等一下由誰開車。她阻止喝酒的判斷是對的。即使忽然撞過來超乎常理，卻也能解釋為勇敢的行徑。鵜飼稱讚這樣的她。

「哇，真是一位勇敢的小妹妹。這確實是我們的疏失，請看在他的背痛與雷諾的凹陷原諒我們。」

鵜飼雙手握著啤酒罐，朝少女深深低頭致意。「他這罐啤酒，我會負起責任晚點喝掉。不好意思，方便給他冰麥茶嗎？」

鵜飼另外拿出一些零錢，少女臉上隨即洋溢喜悅與安心的神色。

「您明白了吧？感謝您～」少女露出靦腆笑容，深深鞠躬回應。「麥茶是吧？」

少女說完再度回到店裡，鵜飼滿意地眺望她的背影。然而流平看著鵜飼左手所握啤酒罐的標籤察覺一件事，不滿情緒立刻爆發。

「等一下，鵜飼先生！你請我喝的雖然是啤酒，卻是無酒精啤酒吧？喝這個還是可以開車吧？」

「哎呀，你終於發現了？那當然，我不可能在這時候請你喝真正的啤酒，這都是那個女孩的誤解。不過，這時候害她丟臉沒用吧？只要你忍著喝麥茶，她的勇氣就能得到回報。」

鵜飼暢飲自己的啤酒，繼續說下去。「還是說，你想點出那個少女的誤解，看她大喊『不好意思～～對不起～～！』頻頻道歉的樣子？這樣彼此都很尷尬吧？」

「唔～……」這樣確實很尷尬，卻有點想看看……

內心描繪這種虐待狂妄想的流平，忽然聽到少女「呀啊！」彷彿慘叫的聲音，不由得朝聲音方向看去。少女右手拿著罐裝麥茶，左手拿著要找的零錢，露出驚訝表情佇立在店門口。她視線投向店鋪邊緣，堆放舊招牌與紙箱等物的雜亂一角。不知為何有個黃色的箱形物體孤零零地擺在那裡。

「咦……不會吧……為什麼～……這是怎麼回事……」

驚訝的叫聲立刻化為疑問的低語。後來少女再度回到店裡，拉著一位頗有年紀的男性到店外，大概是她的父親吧。兩人看著問題所在的黃色箱子竊竊私語片刻，接著年長男性歪著頭回到店裡，少女拿著麥茶走向停車場。

「小妹妹，怎麼了？」

「發生什麼事？」

「不，沒什麼事。」少女用力搖頭，回應兩名男性的詢問，綁起的黑髮在臉蛋周圍劇烈晃動。「真的沒事，只是發生有點奇怪的狀況……」

「喔，奇怪的狀況？難道是含酒精的麥茶上市？」

鵜飼往奇怪的方向轉移話題，少女當然說聲「怎麼可能」立刻否定。接著她像是下定決心，指著店鋪角落。「其實，放在那邊的啤酒箱不見了。直到昨晚明明堆了八個，現在卻只剩下一個。我剛才和父親討論，看來是有人在半夜偷走～」

「喔，啤酒箱啊。所以裡頭裝滿啤酒瓶？」

「不，沒有啤酒。」少女的頭髮再度大幅晃動。「啤酒箱全是空的～」

夢見臺酒行發生竊案。但是遭竊的不是日本酒或啤酒，是七個空啤酒箱。竊賊與動機究竟為何？偵探們面對這個極為難以理解的現象，並沒有忽然激發鬥志，就只是「喔～」「這樣啊～」做出冷漠反應。老實說，完全不像是重大案件。

另一方面，對於這位酒行的招牌小妹來說，這似乎是無法坐視的竊案。少女以雙手把玩著本應交給流平的麥茶罐。

「這是案件～居然偷走空啤酒箱，小偷不曉得多麼變態……」

她斷定竊賊是變態。不過在這個世間，不是變態卻偷走啤酒箱的人並不罕見。她涉世未深難免不知道，但流平知道。鵜飼心裡恐怕也已經有底。流平無視於煩惱的少女，和鵜飼打耳語。

「鵜飼先生，這個竊賊的目的是那個吧？我只想得到那個目的。」

「嗯，流平，其實我也正覺得可能是那樣。」

兩人進行意義不明的密談。少女感覺可疑，以疑惑表情插嘴。

「兩位說的『那個』與『那樣』，究竟是什麼意思～？」

「啊，恕我失禮。」鵜飼喝口啤酒潤喉。「丸吉小姐似乎是高中生，所以或許不曉得，但其實空啤酒箱有個用處，這在我們之間很有名。」

「咦，這究竟是……不，請稍等一下，在這之前……」少女右手按著自己胸口，訂正鵜飼的重大錯誤。「我不姓丸吉，丸吉不是姓氏，是酒行的名稱。我姓吉岡，全名是吉岡沙耶香～」

「原來如此，酒行的沙耶香小姐。」

鵜飼點頭回應，遲一步將自己與助手的姓名告訴吉岡沙耶香。「那麼回到剛才的話題。關於空啤酒箱的用處，說穿了，就是窮人用的簡易桌椅與床鋪。我一下子就知道。對吧，流平？」

「是的，我也有同感。考量到偷走七個，很有可能是用來當床。啤酒箱大致是長五十公分、寬四十公分、高三十公分。拿十個排成漂亮的長方形，就是一張還不錯的床。」

「嗯，我和你的見解難得一致到這種程度。」

兩人長年過慣窮日子的現實，在意外的地方曝光。

「話說回來，流平，看你對啤酒箱的資料掌握得這麼正確，你在窮學生時代，難道也真的排過十個啤酒箱……」

「怎麼可能，我沒那麼做過，哪可能那麼做過，不是啦，不是那樣，我說不是就不是，啊啊真是的，別追問了！」

流平全力否定。不懂的人應該不懂，簡單來說，「啤酒箱床」就是丟臉到非得全力否定的東西。

「唔～啤酒箱床啊～但只有七個不夠吧～？」

沙耶香繼續感到納悶，流平立刻回答。

「放心，沒必要都從同一間店拿。排啤酒箱床的時候，可以從那間酒行拿五個、這間酒行拿兩個、那邊的垃圾堆放區拿三個……像這樣從各處慢慢收集。」

「咦～這樣不是偷竊嗎～？」

「原本應該用討的或是用撿的，不過應該也有人用偷的。要在深夜偷走店門口旁邊的七個啤酒箱並不難。」

「流平，我越聽越覺得這是過來人的感想，為什麼呢……」

不用鵜飼說，流平自己也如此擔心起來。繼續講這個話題只會自掘墳墓，如此心想的流平不再多說，相對的，沙耶香提出不同的見解。

「請問～有沒有可能是醉漢偷的～？」

「喔，醉漢偷啤酒箱？妳為什麼這樣認為？」

「其實，今天早上來店裡的一群客人，講到我很在意的事情。他們講了兩件事，一件是今天凌晨三點多，也就是深夜時分，夢見臺有個醉漢鬧事，我們店裡的常客木戶先生家裡似乎遭殃。另一件事也和我們店裡的常客有關，是藤原先生，同樣在深夜時分，差點在自家附近被車撞，所以大家懷疑駕駛可能是酒後駕車。」

「嗯～一邊是醉漢鬧事，一邊是酒駕啊……」流平低語並且雙手抱胸。沙耶香這番話只屬於未經證實的傳聞，即使是事實，醉漢鬧事也不稀奇。「鵜飼先生，這和啤酒箱竊案無關吧？」

「不，要斷定還太早。夢見臺在同一天深夜，發生三件奇妙事件，這些事件或許出乎意料相關。至少醉漢和啤酒箱調性很好，沙耶香小姐的著眼點不錯。」

沙耶香聽到鵜飼這麼說，害羞般搖晃黑髮。

「別說著眼點不錯啦，我只是聽大家這麼說……」接著沙耶香大概是想遮羞，語氣變得頗為強硬。「總、總之，我身為酒行老闆的女兒，絕對不會放過啤酒箱小偷。我一定要找出擾亂夢見臺和平的非法之徒嚴懲～！」

她高聲宣布要撲滅啤酒箱小偷，並且像是要為自己打氣，打開手上的麥茶罐，單手扠腰暢飲麥茶。

「啊～好冰好好喝～！」

情緒亢奮的吉岡沙耶香，完全忘記這罐麥茶是誰的。

3

「不好意思～～對不起～～～！」少女頻頻道歉。

流平內心一角暗自許願想看的光景，到最後成為現實。含淚請求原諒的沙耶香，嬌憐到令人想永遠欣賞下去，但流平要是一直欣賞下去，當然只是個虐待狂。因此流平爽快原諒，將麥茶送給她。

然後，終於回到正題。

「我去木戶先生家看看。不確定他是否和啤酒箱竊案有關，但他是常客，所以我去看看狀況。」

「這樣啊。」鵜飼喝光剩下的啤酒，將空罐扔進垃圾桶。「那麼，我方便一起去嗎？放心，不會妨礙你們聊天。流平，你也來。沒關係吧？反正委託人今天爽約。」

就這樣，鵜飼、流平與吉岡沙耶香三人，徒步走向木戶家。鵜飼邊走邊從口袋取出一張紙認真審視，看到這一幕的沙耶香，喝著流平送的麥茶，露出疑惑表情。「請問您在看什麼～？」

「唔，妳問這個？」鵜飼拿起傳真紙向沙耶香示意。「這是汽車導航，導航。」

一般人聽不懂他的回答。「嗯，看來我們是沿著夢見街往東方走。」

「這樣啊……」沙耶香像是後悔提問，聲音忽然消沉。「原來是導航啊～……」

依照這張令沙耶香頭痛的導航，夢見街沿著河岸延伸，夢見臺的巷弄和夢見街直角相交，也就是早期新興住宅區常見的統一規劃。在這裡環視四周，就發現這裡的住宅大同小異，就像是並排的骰子，盡是毫無特色的風景。

此時，唯一一塊空地出現在三人面前。這裡是走出丸吉酒店的第二條巷子，空地就在巷口邊角。這裡似乎棄置許久，高大的雜草茂盛茁壯。

「沒有耶～」沙耶香斜眼看著這塊轉角空地低語。她似乎期待啤酒箱位於茂密的雜草之間。

三人在空地旁邊左轉，進入狹窄的巷子，隨即看到一輛頗具特徵的車，停在巷內第三間房子門前。

「是玻璃行。」鵜飼看向建築物。「二樓窗戶破了……不對，應該說被打破。」

二樓一角，身穿工作服的男性，正在更換窗戶玻璃。另一方面，一名中年男性站在院子，愁眉苦臉仰望換窗工程。身穿及膝褲子加運動衫的他似乎是屋主。

「這位是木戶慶介先生，在高中擔任教師。」沙耶香輕聲告知鵜飼之後，隔著圍牆呼喚：「木戶先生，午安～二樓窗戶怎麼了～？」

「啊啊，沙耶香啊。」木戶慶介一認出沙耶香就忽然放鬆表情，走到圍牆旁邊。「沒什麼，是昨晚醉漢打破的。」

「哇~真是不得了，方便告訴我當時的詳情嗎~？」

「話說你是誰？我沒在附近看過你。」

鵜飼學沙耶香的語氣詢問，木戶慶介投以嚴肅的視線。

「啊，恕我失禮，敝姓鵜飼，不是可疑人物，只是丸吉酒店的客人。」

「真的？只是丸吉酒店的客人，為什麼想打聽我家的事？該不會是新聞記者或警方人員吧？是的話請回吧，我不想把這件事鬧大。」

「請不用擔心，我也對常見的毀損案件沒興趣。」

「什麼！」木戶慶介表情微微扭曲。「那你究竟對什麼事有興趣……」

「其實我在找消失的啤酒箱。丸吉酒店的啤酒箱失竊。」

「啤酒箱失竊？這聽起來更像是常見的案件吧？」

「不常見，是極為罕見又耐人尋味的案件。可以請您協助嗎？」

沒人聽到這種說法之後會乖乖協助。不過沙耶香察覺氣氛險惡，說著「拜託您~算我求您~」可愛地雙手合十拜託，木戶慶介原本頑固的態度也立刻軟化。中年高中老師在一瞬間，展現男人常見的個性。

木戶慶介對沙耶香述說昨晚發生的事。

「這是凌晨三點多的事情。玄關忽然傳來咚咚的敲門聲，還有像是呻吟的男性聲音，音量大到在二樓就寢的我與家人全部醒來。我聽聲音立刻知道是醉漢在胡鬧，肯定是誤以為這裡是他家。我在床上思考應該立刻趕他走，還是扔著不管等他自己發現走錯家，此時忽然響起玻璃碎裂的聲音，那個醉漢居然朝窗戶扔石頭。破掉的是二樓廁所的小窗，沒造成嚴重損害，但如果是臥室窗戶破掉，我與內人將會受重傷。」

「這真是不得了耶～」沙耶香一副打從內心同情的樣子。「所以，那位醉漢後來怎麼了～？」

「逃走了。我打開臥室窗戶大吼：『喂，你做什麼！』那個傢伙大概是嚇到，沿著這條路逃往夢見街。我當然也衝下樓去追，但我跑到夢見街的時候，已經看不見醉漢的人影，最後沒逮到他。」

「沒報警嗎～？」

「嗯。要是警車深夜響著警笛聲前來，會妨礙鄰居安寧。何況我原本就不擅長應付警察，不想把小事鬧大。」

「我有同感，我也不擅長應付警察。」鵜飼說完伸出右手想握手，對方卻無視。「話說回來，您說的這件事和啤酒箱竊案有什麼關係？」

「我哪知道！只是你們擅自認定有關吧？」木戶慶介放聲大喊之後辯解。

「不，我說的『你們』，是除了沙耶香的你們二人組。」他莫名袒護自己欣賞的女高中生。「總之，我對啤酒箱竊案一無所知，大概是哪個醉漢的惡作劇吧。」

「是的，我也這麼認為，才會來打聽情報。」

鵜飼說完，再度仰望木戶慶介的雙層樓住家。

總之別站著聊，進來喝杯茶吧，不過當然只限沙耶香——沙耶香斷然拒絕木戶慶介這份偏心的善意，三人離開木戶家。

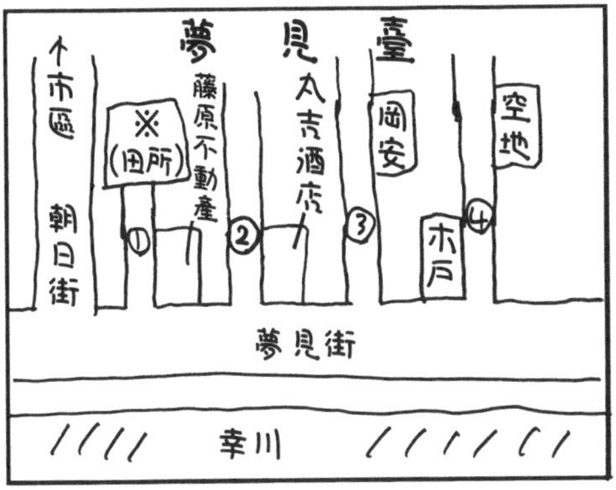

鵜飼再度拿出名為導航的地圖，邊走邊寫。

首先，從夢見街如同梳子延伸而成的四條巷子，從左邊依序編號。

「丸吉酒店在②巷口旁邊，木戶慶介先生家在④巷子右邊第三間……那麼藤原先生家呢？①巷口旁邊……啊，是那間房仲店吧？」

鵜飼在地圖標記各人住處，這些都是至今提過的地方。此時，流平忽然冒出一個靈感，他唐突從鵜飼手中搶過地圖，指著地圖上的某處詢問沙耶香。

「這裡也是住家吧？住戶是怎樣的人？」

流平指著③巷子約第三間住家的位置，是至今完全沒提到的地方。沙耶香似乎不知道他為何如此詢問，但立刻回答他。

「那裡是岡安家，母女相依為命。母親叫做惠理子，小五的女兒叫做風菜。」

「唔，只住兩名女性？好奇怪，應該不是這樣吧……」流平一瞬間像是推測落空般垂頭喪氣，卻立刻振作起來。「總之去看看吧。」他催促兩人快步前進。

三人從夢見街進入③巷子。岡安家位於右邊第三間。流平看著這間毫無個性的雙層樓住家，臉頰不禁放鬆。

「嘿嘿，鵜飼先生，果然正如我的預料。」

「喔，是嗎？總之，我也大致猜得出你的想法。」

鵜飼不是滋味般，從岡安家門前看向小小的院子。裡面有一隻粗獷的鬥牛犬，旁邊有個很適合背書包的小女孩，肯定是沙耶香提到的小學生風菜。風菜身穿黃色T恤加牛仔裙，長長的頭髮編成現在少見的美麗長辮。

鵜飼看見這幅光景，難得吹一聲愉快的口哨。

「真可愛！小妹妹，可以讓我摸一下嗎？」

「…………」

盛夏的溼熱空氣瞬間凍結。鵜飼察覺冰冷視線刺在身上，連忙以抽搐笑容訴說。「沒、沒有啦，你們別誤會，我想摸一下的是狗，不是小女生。」

「咦，啊啊，狗……是狗啊，原來是這個意思……」流平鬆了口氣。

「太好了～我一瞬間還以為是超級大變態的發言……」沙耶香不再誤會。

不過，鵜飼還沒完全擺脫戀童癖嫌疑。流平提高警覺。

小學生風菜不知道大人們的想法，跑到鵜飼面前以天真表情詢問：「叔叔，你們是誰？」接下來好幾分鐘，進行著「我們不是叔叔，是哥哥」、「沒錯，即使這個人勉強算是叔叔，我依然是哥哥」這種定例互動，最後鵜飼總算如願以償，獲准摸鬥牛犬的頭。流平在旁邊提問。

「其實，我們想問一下風菜小妹，家裡現在除了風菜小妹還有誰？只有媽媽？」

「不，還有爺爺。」

風菜的回應，使得流平抱持確信，振臂擺出勝利姿勢。沙耶香則是大感驚訝。

「咦，風菜，妳不是只和媽媽一起住嗎？」

「不，現在有三人喔。沙耶香姐姐不知道嗎？爺爺這個月開始和我們一起住。不過理由很複雜，所以現在先別問……」

「啊，嗯，知道了，我不問！我不會問，所以風菜，不要愁眉苦臉！」

乍看無憂無慮的小學女生，內心也可能因為複雜的家庭問題留下陰影。不提這件事，岡安家現在肯定是母女加爺爺三人居住。流平為了得到進一步的證據繼續詢問。

「妳爺爺昨天晚上在哪裡？一直在家裡嗎？」

「沒有，爺爺昨天去站前鬧區，我睡著之後才回來。」

「那爺爺現在在做什麼？」

風菜以非常純真的聲音回答：

「從早上就一直在床上睡覺。爺爺說他宿醉，頭痛到快要裂開！」

4

鵜飼等三人向風菜與鬥牛犬道別，離開岡安家。沿著夢見街走向丸吉酒店時，沙耶香詢問流平。

「打破木戶先生家窗戶玻璃的真凶，是風菜的爺爺嗎～？」

「嗯，原則上沒錯。結果正如木戶慶介先生的判斷，打破窗戶的醉漢認錯家了。不對，正確來說應該是認錯路。」流平單手拿著剛才從鵜飼搶來的傳真紙繼續解說。「如妳所見，這邊住宅區的巷子，像是梳子一樣延伸到夢見街。走錯巷子就沒辦法抵達目的地。而且夢見臺的住家，盡是大同小異的雙層樓建築，其中甚至有些住家的外觀完全一樣。」

「確實是統一設計的住宅區耶～所以呢？」

「問題所在的木戶家，是進入④巷子右邊第三間。那麼，誰會把這裡誤認為自己家？首先有可能的，就是③巷子同樣住在右邊第三間的人，也就是岡安家的人。但沙耶香小姐剛才說岡安家沒男性，我覺得不對勁而前去確認，發現果然和我想的一樣。即使並非一模一樣，岡安家也是和木戶家相似的雙層樓建築，而且爺爺最近搬來一起住，今天又從早上就宿醉躺在床上。事證這麼齊全，基本上肯定沒錯。」

「換句話說……」鵜飼接話說下去。「喝醉回到夢見臺的爺爺，誤以為木戶家是岡安家，猛敲木戶家的大門？」

「是的。但家裡沒回應。爺爺朝二樓窗戶丟小石頭，想看看屋內的反應，不過他當時喝醉，導致石頭丟得太用力，打破二樓窗戶。木戶慶介先生怒斥之後，爺爺終於察覺自己走錯家，匆忙逃離木戶家回到岡安家，而且直到今天，爺爺都沒向家人透露自己闖禍。另一方面，木戶慶介先生認定岡安家只住女性，所以沒懷疑岡安家的人。就是這麼回事吧。」

流平說完自己的推理時，三人回到②巷口轉角的丸吉酒店前方。但是鵜飼沒停下腳步，就這麼沿著夢見街往西走。流平與沙耶香詫異相視，連忙跟上鵜飼。

「慢著慢著，鵜飼先生，你要去哪裡？」

「還有哪裡，當然是藤原不動產。那位藤原先生不是在深夜差點被車撞嗎？我們去看看現場吧。」

「這和木戶家事件無關吧？打破玻璃的肯定是岡安家的爺爺。」

接著，鵜飼露出同情的表情，誇張聳肩。

「喂喂喂，流平，你是不是有所誤會？我剛才也說過，我對常見的毀損案件沒興趣，我在找的只有那七個啤酒箱。」

「咦？啊啊，這麼說來，是這樣沒錯。」

三人原本追查的是啤酒箱消失之謎。玻璃損毀這個算是犯罪的犯罪使他們分心，忘記原本的謎題。

「可是……」沙耶香輕聲插嘴。「失蹤的啤酒箱與深夜的車禍有什麼關係？」

「或許有關，也或許無關。總之去看看吧。」

鵜飼激勵沒什麼自信的沙耶香，踏出輕快的腳步。

依照沙耶香的敘述，藤原不動產是藤原源治、英輔父子經營的在地房仲店。父親源治獨自住在公司二樓，兒子英輔和妻子住在公司對面的獨棟住家。

「其實～我們是生意上的敵人～」沙耶香不滿噘嘴。「他們明明是房仲店，卻有兩臺自動販賣機。公司前面一臺、兒子家門口一臺，而且賣得比我們店便宜～」

「既然這樣，丸吉酒店的自動販賣機也降價不就好？」流平說。

「沒那麼簡單。我們店門口的自動販賣機，是和飲料大廠簽訂租約，換句話說是借來的。藤原家的自動販賣機是私人的。」

「喔，這樣啊。」雖然聽不太懂，但似乎有很多隱情。

三人像這樣閒聊，沿著夢見街前往①小巷。在藤原不動產旁邊轉彎，可以進入①小巷，但三人之中帶頭的鵜飼，忽然在轉角處停下腳步。流平撞上鵜飼的背、沙耶香撞上流平的背，如果是車子就是追撞車禍。

「……鵜飼先生，怎麼忽然停下來？」

流平一邊抗議，一邊看向前方。設置在轉角處的自動販賣機前面有人，似乎正在補充飲料。自動販賣機面板開著，那個人半蹲看著機械內部。對方位於成人雙手那麼寬的大型自動販賣機後面，只看得到半蹲露出的臀部。

流平不清楚鵜飼視線是落在這個人的臀部，還是落在自動販賣機正面寫的「破盤價80圓」。此時……

「不行～不可以～！」沙耶香忽然發出引人同情的懇求聲。「要買飲料請到丸吉酒店～我會特別算便宜一點～！」

酒行女兒似乎是擔心鵜飼在這臺超便宜自動販賣機買飲料。

但鵜飼的目的似乎不是飲料，他向正在補貨的人搭訕。

「不好意思，請問你是這間房仲店的人嗎？」

從機械後方詫異探頭的，是身穿襯衫的男性，年齡約三十歲左右。晒黑的精悍面容加上潔白發亮的牙齒，頗為英俊。

「是的，我是藤原不動產的人。」男性首先露出疑惑表情，卻在下一瞬間化為開朗神色。「啊啊！您要找房子吧！」

「找房子？不，我在找啤酒箱。」

厚臉皮的話語，使得藤原不動產的年輕人——藤原英輔蹙眉。「……啤酒箱？」

「是的，丸吉酒店有七個啤酒箱失竊，我正在和沙耶香小姐到處找，卻遲遲找不到。你知道什麼線索嗎？應該是昨晚失竊的，我想很可能是深夜。」

「不，我不知道。」藤原英輔沒多想就立刻回答。「唔，等一下，深夜？說到深夜，記得我爸出了小車禍……但應該無關吧。」

藤原英輔擅自決定之後，關上自動販賣機。沙耶香隨即擔心詢問。

「我也聽說令尊出車禍，他還好嗎？有沒有受傷？」

「放心，沙耶香，沒事的。」藤原英輔露出潔白牙齒微笑。「雖說出車禍，但也沒那麼誇張，與其說撞到更像是輕輕碰到，不到受傷的程度。總之是常見的小意外。要是稍微撞用力一點就好了，這樣說不定可以申請保險理賠……」

藤原英輔不曉得是認真還是開玩笑的輕佻發言，被鐵捲門的開關聲蓋過。房仲店旁邊大型車庫的鐵捲門微微開啟，現身的是很有福態，整張臉紅通通的中年男性。是藤原英輔的父親——藤原源治。

「開什麼玩笑，這個笨兒子，居然說保險理賠？而且那不是常見的小意外，是惡質的肇事逃逸，肇事逃逸！」

圓圓的眼珠子加上鼓起的臉頰，令人聯想到赤鬼。額頭浮現的血管清楚顯示他多麼憤怒，吐出的氣隱含酒味。

眾人還沒問，藤原源治就逕自說起昨晚發生的事。聽他滔滔不絕的語氣，像是非常想找人吐苦水。

「那是深夜三點多發生的事。在市區酒館稍微喝多的我回到這條巷子。我站在巷子正中央摸口袋找鑰匙，這時候忽然有輛車衝進這條巷子，我沒想到有車子會在這時間開進這條死巷，雙腳釘在原地動彈不得。幸好那輛車快撞到我之前緊急煞車，保險桿稍微撞到我腳邊，我踉蹌倒地。總之如果只是這樣就算了，只不過是彼此不小心，但接下來才令我生氣。駕駛肯定知道撞到我，不只沒下車幫我，甚至直接倒車轉向，就這麼沿著夢見街猛踩油門跑掉。怎麼樣，這不叫做肇事逃逸還能叫什麼？」

這應該不到肇事逃逸的程度吧？流平率直這麼認為，但他不敢在顯露憤怒的藤原源治面前講明。

「逃走的車是計程車。」藤原英輔在父親說完之後補充。「那個時間，我剛好在二樓臥室輾轉難眠。我聽到緊急煞車和老爸的聲音，連忙從窗戶看出去，也親眼看見逃逸的車輛。車頂有燈，所以肯定是計程車。大概即使是輕微擦撞，對於計程車司機來說也攸關飯碗，所以才會逃走吧。計程車在前面轉彎，沿著朝日街離開。」

「原來如此，是這麼回事啊。」鵜飼平淡點頭回應。「話說回來，聽說那個計程車司機是酒後駕車，實際上呢？」

「這我不清楚。」藤原英輔回答。「我不知道駕駛是否喝醉，不過從車子逃離的樣子來看，司機似乎是正常開車。」

「這樣啊。話說回來，先生沒報警？」

藤原源治對這個問題的反應，幾乎和木戶慶介相同。討厭警察、警車深夜前來很麻煩、只是小事所以不想鬧大……看來夢見臺的居民，和這裡的建築物或街景一樣，連思考模式都大同小異。

深夜車禍的話題告一段落時，輪到藤原英輔詢問沙耶香。

「回到剛才的話題，竊賊為什麼要偷啤酒箱？肯定是基於某個目的吧？」

「是的，就是不知道目的才猜不透。你心裡有底嗎？」

「啤酒箱？」忽然出現的奇妙名詞，使得藤原源治露出驚訝表情。「啤酒箱怎麼了？什麼？酒行的啤酒箱失竊？你們正在找那個啊……嗯，居然有人會偷啤酒箱這種怪東西。慢著，但是真要說的話，我心裡並不是沒有底……」

「咦，真的嗎？」沙耶香開心詢問。

「嗯，當然。」藤原源治充滿自信點頭，得意洋洋豎起食指。「小妹妹還年輕或許不曉得，不過空啤酒箱有個很有名的用法。只要把十個啤酒箱排在一起……」

「啊，可以當床對吧？我知道喔～」沙耶香以純真笑容搶先回應。「還有嗎？」

「咦，不，除此之外，我就不清楚了……哈、哈哈……」藤原源治像是撲空般露出苦笑。兒子英輔認定話題到此為止，為眼前的自動販賣機上鎖，接著幫巷子正對面的另一臺自動販賣機補貨。

最後，三人沒查出啤酒箱的下落，就這樣回頭走向丸吉酒店。

流平邊走邊回顧剛才的經歷。在木戶家詢問木戶慶介關於窗戶玻璃毀損的事、在岡安家詢問風菜關於爺爺的事、在藤原不動產詢問藤原父子關於計程車駕駛肇事逃逸的事，這些事都在深夜的夢見臺發生，但似乎和啤酒箱竊案沒有直接關連。

打聽各種情報之後，流平他們將地圖上①到④所有巷子走一遍。但在所見範圍，完全沒有啤酒箱的影子。

看來線索是零。解開啤酒箱消失之謎的機率也趨近於零。

吉岡沙耶香大概也抱持相同想法。她一回到丸吉酒店就轉過身來，面向鵜飼與流平深深鞠躬致意。

「非常抱歉，害兩位捲進這個奇怪的事件。調查到這裡就夠了。失蹤的啤酒箱肯定成為某人的床，邁向第二段人生吧。真的很感謝兩位幫忙找這種無聊的東西。」

沙耶香每次低頭，綁起的黑髮就大幅搖晃，這邊反而心生愧疚。

「不，沒關係。我們只是抱持湊熱鬧的心態擅自跟過來……對吧，鵜飼先生……咦，鵜飼先生，怎麼了？」

轉頭一看，鵜飼就這麼注視著丸吉酒店門前，像是石頭動也不動，完全沒注意到低頭致歉的沙耶香。接著，鵜飼忽然雙手抱胸，開始在店門口繞圈。鵜飼的樣子過於奇特，沙耶香也開始為難……不對，應該是擔心吧，她朝鵜飼投以畏懼的視線。

「請問，我們家酒行怎麼了……啊，危險！」

這一瞬間，鵜飼額頭狠狠撞上酒行門口的自動販賣機，終於停下腳步。「啊，不好意思，我在想事情。」他向自動販賣機道歉之後，就這樣專注看著掛在自動販賣機旁邊的防盜粗鐵鏈。

喂，這個人真的沒問題嗎？流平事到如今擔心起來。

然而，總算轉過身來的鵜飼，表情出乎意料地清新。他忽然朝著不安注視的沙耶香，說出類似預言的神祕話語。

「沙耶香小姐，看來失蹤的啤酒箱會在今晚現身。」

5

就這樣，啤酒箱竊案的舞臺直接跳到深夜。

凌晨過後的深夜兩點，鵜飼與流平依然位於夢見街附近，但應該沒人察覺他們。他們蹲在幸川河堤，隔著護欄注視夢見街方向。這不是變態偷窺行為，是貨真價實的偵探監視行為。雖然表現出來的行徑相同，位於基底的目的正當得多。

道路旁邊茂密高大的草叢，成為他們絕佳的藏身處。但是熱帶夜的氣溫與溼度、夏季草叢特有的草腥味、毫不留情襲擊的蚊蟲，使得盛夏夜晚的監視困難至極。而且在這種時間，夢見街完全沒有行人，只有零星的汽機車偶爾經過。流平終於因為過度無聊與悶熱而叫苦。

「我口渴了，好想喝啤酒。」

「…………」

「我口渴了～好想喝啤酒～」

「學沙耶香講話也沒用。」鵜飼面向前方斷言。「哪有偵探在監視的時候拿啤酒乾杯？何況你白天不是喝過啤酒？」

「你說這什麼話，我到最後無論啤酒或麥茶都沒喝到。」

「唔，這麼說來也是。」鵜飼像是想起什麼般，摸索西裝口袋取出一罐啤酒——正確來說，是罐裝無酒精啤酒。他像是孵蛋的雞，從白天一直放在西裝口袋保溫。「想喝就給你吧，這原本就是你的東西。」

「這種體溫加熱過的啤酒哪能喝啊？」

不要就還我！不，我要喝！經過這段麻煩的爭執，這罐啤酒收進流平的野戰外套口袋。

「話說回來，在這種三更半夜，誰會來做什麼事？鵜飼先生已經有頭緒吧？那告訴我也無妨吧？」

「不，現在還不行。」

「為什麼？我知道了，是名偵探們常講的那個理論吧？在得到絕對無誤的證據之前，不能胡亂說出自己的推理。這是名偵探特有的道德觀。」

「若你想這麼認為，那就這樣吧。實際上，我只是不想在監視落空之後丟臉，所以現在還完全不想說。」

「這樣啊，真軟弱。」蹲在草叢裡的流平，忽然覺得不安。

鵜飼該不會真的沒掌握任何頭緒吧？今天深夜的監視，或許只會被蚊蟲叮全身，到最後徒勞無功？到頭來，這次的監視很奇怪，目的是什麼？為了抓啤酒箱竊賊？但是抓到又能做什麼？吉岡沙耶香或許會開心，但偵探賺不到一毛錢啊？

「鵜飼先生，到頭來為什麼……」

鵜飼如此提問時，鵜飼忽然發出緊張的聲音。

「喔喔！終於有動靜了！」

流平不再多說，從雜草縫隙筆直看向前方。白色光源照亮至今陰暗的小巷，繼燈光之後，輪廓特別的某個物體出現在小巷。燈光的真面目是車輛大燈，現身的似乎是廂型車或小貨車。這一瞬間，至今慎重的鵜飼忽然像是剛學會說話的九官鳥般聒譟。

「好，流平，我現在回答你的疑問！我當然早已完美看透整個案件！之所以保持沉默至今，是基於名偵探特有的道德觀……」

「剛才明明沒自信，為什麼現在忽然炫耀？」流平像要打斷鵜飼的廢話般大喊。「不提這個，要怎麼處理那輛車？」

「別讓車子離開巷子，用身體擋也要阻止，我們上！」

鵜飼沒說完就衝出草叢、跳過護欄、穿越夢見街，就這麼衝進巷子。車子燈光已經進逼到面前，鵜飼勇猛果敢地擋在即將加速的車子前面，喊著「給我停車！」大幅張開雙手制止。然而隨著「咚！」的聲音，他的鋼鐵意志與骨肉之軀，面對鋼鐵車輛只能淒慘被撞開。「噗喔！」

被車子撞飛的鵜飼，身體飛到半空中，往後方轉兩圈半之後落到巷子正中央。車輛後輪發出緊急煞車摩擦聲。鵜飼確實如他自己所說，成功以身體阻擋車子。不對，還不確定是否能斷言為成功，但車子姑且停下來了。流平感覺像是看到不能看的一瞬間，身體不禁發抖。

「鵜鵜鵜鵜飼先生，你你你你沒事吧，該不會死死死死……」

「我沒死……」鵜飼無力地說：「流平，再來交給你了……」

「咦，就算要交給我……」在這種場面該怎麼做？

流平交互看著倒地的鶉飼與眼前的車輛。車輛是白色的小貨車，後方貨斗搭起深綠色的帆布篷，駕駛座車窗完全開啟。流平看向車內，握著方向盤發抖的，是整張臉紅通通的福態男性，肯定是藤原不動產的老闆——藤原源治。

流平他們一開始就以①小巷為重心監視，而且車子是從①巷子出現，所以當然預料到開車的是藤原不動產的人。流平原本以為是那位英俊兒子開車，原來是父親。

無論如何，既然開車撞傷鶉飼，就非得負起責任。加上鶉飼也說後續交給流平，所以這時候得做該做的事。流平下定決心之後，丹田使力的低聲恐嚇。

「喂喂喂，這是怎樣，居然撞傷我大哥？臭小子你真有種，別以為能全身而退，快交出慰問金跟醫藥費，不然我報警啊，混帳！」

流平以鞋跟猛踹輪胎，奄奄一息的鶉飼出聲嘆息。

「……流平你這笨蛋……這樣是假車禍詐財吧……這是黑心騙徒的手法……」

「咦，不是嗎？不然要我怎麼做？」

流平徵詢鶉飼的意見。另一方面，小貨車駕駛座的藤原源治，發抖程度越來越嚴重，像是念咒語般輕聲說：「報警……要報警……？」不久，藤原源治似乎內心某處忽然壞掉，冷不防地發出「唔喔喔喔！」的怪聲。「怎麼可以報警啊啊啊啊啊！」

他還沒吼完就猛踩油門，不顧一切讓小貨車緊急起步。出乎意料的演變，使得巷子中央奄奄一息的鵜飼發出「嗚哇！」這個意外有活力的叫聲，以更勝於平常的敏捷動作撲到路邊避難。「流平，別讓他逃走！這次輪你用身體擋！」

「是！」流平順勢回應。雖然這麼說，卻也不可能追上起步的小貨車，只要做個樣子去追就好……流平如此預料時，小貨車為了在巷口九十度右轉而忽然減速。不小心輕鬆追過小貨車的流平逼不得已，順其自然撲到小貨車右側，不知道是幸或不幸，左手就這麼抓住貨斗的帆布篷頂。流平就像是緊急出動掛在消防車右側的消防員（講得更加淺顯易懂，就是小雙俠一號的姿勢）掛在小貨車側邊。下一瞬間，過彎的小貨車發揮衝刺速度，猛然沿著夢見街飛奔。流平陷入想下車也沒辦法的狀況，感覺到臉上逐漸失去血色。

「笨蛋笨蛋笨蛋笨蛋！停車停車停車停車停車！」

流平朝著眼前完全開啟的駕駛座車窗，儘可能拚命連喊「笨蛋」與「停車」。但駕駛座的藤原源治，就這麼默默手動關上車窗。

關窗！居然關窗！

「開什麼玩笑，喂！」

流平憤怒過度，右手握拳打向駕駛座車窗。但拳頭只被堅硬的車窗彈回。不行，已經無法碰駕駛一根寒毛。

不過沒問題。不曉得其他城鎮怎麼樣，但烏賊川市道路各處，都具備名為「紅綠燈」的最新型交通管制系統，環境不容許小貨車橫衝直撞。看，在如此心想的時候，眼前路口就是紅燈。快停車吧，快停車吧，快點快點快點！流平滿懷期待，等待這一瞬間的到來……

「…………」小貨車維持速度穿越路口。「闖、闖紅燈？」

路口立刻大為混亂。無視紅燈的小貨車，使得好幾輛車驚嚇得同時緊急煞車。機車翻倒、喇叭響起、一輛廂型車從流平旁邊數公分處擦過。流平甚至感覺不到撿回一條命，只能拚命緊閉眼睛等待災難離去。經過片刻的風波，他提心吊膽張開雙眼，小貨車若無其事沿著陰暗無岔路的道路輕快奔馳。

「呼，得救了……話說回來，那個大叔真亂來。」

看來，自暴自棄大叔的失控小貨車，不會因為紅燈停下。下定決心長期抗戰的流平，總之試著矯正現在的不穩定姿勢。他雙手抓住貨斗頂篷，以臂力拉起身體，在奮戰之後移動到上方，在穩定的帆布頂篷躺成大字形穩定身體。

「好，這樣就不用擔心摔下去……」

放心沒多久，小貨車忽然大幅蛇行，很明顯是故意的，要甩掉頂篷的礙事傢伙。

「可惡，我怎麼可以摔下去！」

流平雙手緊握頂篷前方的角落。車子繼續劇烈左右蛇行，流平身體也左右搖晃。流平全身持續在貨斗頂篷扭動，這是所謂的金魚運動，或許對鬆弛的腹部很有效，但他來不及感受運動的效果。「嗚哇！」

小貨車忽然九十度右轉。無法預測的這個動作，使得流平不禁從頂篷滾落。但或許是野性的本能吧，他即將摔落的瞬間，右手勉強抓住頂篷左端，掛在小貨車左側。這次是小雙俠二號的姿勢。

「唔！」此時，流平發現前方的一絲光明。「副駕駛座的車窗完全打開……」從那扇車窗賞駕駛座的藤原源治一拳，不就能逼他停車？不，不可能。再怎麼伸長手臂也搆不到駕駛座。要是繼續拖拖拉拉，那扇窗也會和駕駛座車窗一樣關上，這樣就真的完了。要行動就必須一次成功。可是該怎麼做？

流平連忙以右手摸索野戰外套口袋。手指傳來微溫的金屬觸感。流平就這麼抓著小貨車側邊，從開啟的副駕駛座車窗探頭窺視，以不輸給風壓的音量朝駕駛座大喊：「喂，大叔！」

駕駛座的紅臉男性，嚇一跳看向副駕駛座。流平繼續朝他大喊：「大叔，你喜歡啤酒嗎？」

「什麼？」男性臉上露出愣住的脫線表情。

「我問你喜不喜歡啤酒！」

「啤、啤酒，怎麼了！」藤原源治的抽搐表情微微移向副駕駛座車窗。這是大好機會，流平將左手的啤酒罐（正確來說是無酒精啤酒）遞到對方面前。大叔一瞬間不明就裡。「……？？？」

「請你喝吧！」流平隨著開朗的聲音，以一根手指開罐。「乾杯～！」

瞬間，以體溫加熱的無酒精啤酒，從罐口猛烈噴出。琥珀色的液體化為細緻綿密的頂級泡沫，男性通紅的臉立刻塗抹為白色。基本上只要沒在日本職棒拿冠軍，眼睛不會體驗如此強烈的攻擊，即使是飆車大叔，面對這一招也毫無招架之力。

「哇，啊哇，啊哇，啊哇哇哇哇哇……」

暫時失明的藤原源治胡亂打方向盤，不顧前後車況緊急踩煞車。小貨車忽左忽右大幅蛇行之後，後輪打滑「砰！」一聲撞上路邊電線桿。車子忽然停下，流平順勢被拋到空中，摔到地面死亡。

……原本如此心想，卻出乎意料沒死。「咦，不會吧？我活著？」

流平抱持自己都不敢置信的心情起身。眼前是軟綿綿的綠色軟墊，是幸川河岸遼闊的草地。小貨車沿著夢見臺與周邊道路亂開，最後又回到沿岸的夢見街。證據就是車禍發生沒多久，一輛車以安全駕駛緩緩來到他面前。是熟悉的藍色雷諾。

「嗨，流平，你沒事啊。」驅車前來的鵜飼，單手拿著罐裝咖啡下車。「我一直很擔心你後來會不會出事，幸好沒事。」

「這是單手拿咖啡在講的話嗎？你什麼時候買的？剛才吧？我在鬼門關前掙扎的時候，你居然在悠閒買咖啡！」

「好了，別這麼生氣，我也有買你的份。」

「咦，真的？謝謝……慢著，以為我會高興嗎？」

那就算了，我要喝掉你的份！不，我要喝！經過這段麻煩的爭執，罐裝咖啡最後落入流平手中。鵜飼回到正題。

「話說回來，藤原源治怎麼樣了？死掉了？」

鵜飼看向小貨車駕駛座。藤原不動產的老闆像是筋疲力盡般癱坐。鵜飼輕觸他的脖子之後開口。

「不要緊，沒死，只是昏過去。不過真奇怪，這個人為什麼全身都是泡泡？難道是在駕駛座接受冠軍啤酒洗禮？」

「雖不中亦不遠矣……」流平含糊回答，搔了搔腦袋。「不提這個，這個大叔為什麼用這種亂七八糟的方式逃走？因為撞到鵜飼先生？但應該不只這樣吧？」

「當然。這場逃走戲碼，肯定基於更見不得人的祕密。」鵜飼說著離開駕駛座，走向小貨車後方。「流平，調查貨斗。」

用不著下令，流平逕自爬上貨斗。裡面有塊攤開的大面積藍色塑膠布，看得出塑膠布下方有些四四方方的物體。似乎是沒固定好的搬家行李，但絕非如此。

「這難道是……」流平抓住塑膠布一角，掀開一半。正如預料，散落在車上的是流平他們從早上開始尋找的那個東西。

「啤酒箱共五、六……七個！這就是見不得人的祕密？」

偷走丸吉酒店啤酒箱的人，就是藤原源治。這肯定是見不得人的祕密，但真的是非得賭命保密的事情嗎？

流平無法釋懷時，車外的鵜飼進一步提醒。

「塑膠布底下只有啤酒箱？似乎還有其他東西。」

聽他這麼說就發現，塑膠布底下確實有個奇怪的隆起。不是四四方方的東西，是描繪平緩曲線的細長物體。流平嚥了口氣，掀開整張塑膠布。

「……嗚。」出現在面前的意外光景，使流平倒抽一口氣。

身穿睡衣的消瘦老人躺在底下。下巴與鼻子很尖，顴骨浮現得像是骸骨。臉部很有特色，卻沒有表情。見光的後腦杓有出血痕跡，如今卻不再流血。老人早就氣絕身亡。原來藤原源治貨車的貨斗載著這種東西，難怪會匆忙逃走。

流平斜眼看著屍體，以顫抖的聲音詢問。

「這、這位老人究竟是誰？我沒見過他……」

「嗯，我也沒見過，但我知道他的名字。」

「咦？」流平驚呼一聲。鵜飼喝一口咖啡，以平靜的聲音告知。

「這位老人，應該名為『田所誠太郎』。」

6

小貨車撞上電線桿的聲音，似乎從夢鄉叫醒深夜夢見臺的居民。居民們一副戰戰兢兢的樣子，開始出現在車禍現場周邊。應該也有人報警吧，遠方傳來警車警笛聲。不久之後，周圍肯定滿是警察與圍觀群眾，變得熱鬧無比。

不想捲入騷動的偵探們，在這之前就坐上雷諾，若無其事離開現場。車子緩緩行駛，如同沿著前往車禍現場的人群逆流而上。

沒多久，他們發現前方有個身穿粉紅T恤的黑髮女孩，她耳際抵著手機，正快步前往車禍現場。發現她的鵜飼立刻停車，流平打開副駕駛座車窗叫她。

「沙耶香小姐！」

「啊，白天的兩位，你們還在這裡？」

沙耶香講完電話，跑到副駕駛座車窗旁邊。流平裝傻詢問。

「我才想問沙耶香小姐，三更半夜怎麼匆忙成這樣？發生什麼事？」

「那個~我也不知道詳情，但依照剛才的電話通知……」沙耶香慎重做個開場白之後壓低音量。「聽說載運最新兵器的大型貨車，被身穿野戰外套的恐怖分子襲擊，在前面和藍色進口車衝撞造成慘案，好像還有人死掉。」

「啊，這樣啊……」總覺得小學生的傳話遊戲都比較能傳達真相。「鵜飼先生，怎麼辦？她好像有著天大的誤會。」

「嗯，畢竟她有權利知道真相。」鵜飼低語之後，向沙耶香搭話。「那麼，小妹妹，總之上車吧。」

「咦，可是……」沙耶香露出困惑的樣子。

「別可是了，快點！」鵜飼以嚴肅無比的聲音大喊。「為了防止飛散到空氣的細菌兵器造成損害，警察、自衛隊與地球防衛軍採取D級緊急避難措施。待在這裡很危險。好了，請盡快上車！」

「呃，好的！」沙耶香發出緊張的聲音衝進雷諾後座，接著慢半拍納悶。

「嗯？地球防衛軍……是什麼？」

不久之後，地點轉移到夢見臺近郊，擺放大象滑梯與熊貓擺飾的冷清公園一角。流平與沙耶香並肩坐在小長椅，鵜飼雙手抱胸跨坐在熊貓背上。流平正在向兩人述說今晚的體驗，也就是和死神為伍的大冒險經過。

「原來如此。」鵜飼點頭回應。「所以藤原源治才滿是泡泡。」

「原來如此～」沙耶香也點頭回應。「所以最新兵器是啤酒箱，恐怖分子是流平先生吧～？」

「…………」她似乎還沒充分掌握重點，但繼續解釋很麻煩，所以流平繼續和鵜飼討論下去。「但我不懂，實在很奇怪。」

「沒什麼好奇怪的。只是熊貓的背坐起來意外舒服，我才坐在這裡。」

「不，我不是說這個，我是說這次的案件很奇怪。」跨坐在熊貓背上的名偵探確實也很奇怪，但這種事在這時候不重要。「小貨車貨斗為什麼有老人屍體？為什麼鵜飼先生確定那是田所誠太郎？為什麼鵜飼先生預料得到藤原源治今晚會載走屍體？而且到頭來，啤酒箱為什麼非得失竊？」

「對，這正是關於這個案件本質的問題。」鵜飼至此總算開始說明。「要理解這次案件的全貌，必須從昨天深夜在夢見臺發生的幾個奇妙現象思考。奇妙的現象共三個：丸吉酒店有七個啤酒箱失竊、木戶家的窗戶玻璃破掉、房仲店的藤原源治差點被車撞。不過，在這三件事之中，只有木戶家發生的事，大致可以斷定是岡安家喝醉酒的爺爺，把木戶家誤認是自己家。問題就在這位岡安家的爺爺。他為什麼把木戶家誤認是自己家？」

「嗯？這問題肯定已經解決了。爺爺喝醉走錯巷子。依照那張地圖的編號，他原本應該走③巷子，卻走過頭轉進④巷子，導致爺爺認定木戶家是岡安家。兩間屋子很像，所以他沒發現。」

「對，屋子確實很像，難免會誤認。但是巷子呢？」

「巷子……嗎？」

「對。③巷子與④巷子這麼像嗎？不，就我看過的印象，兩條巷子的巷口肯定有著明確的差距。對，④巷口只有一邊有房子，左邊是一棟房子大的空地。另一方面，③巷口兩側都有屋子。既然差異如此明確，真的可能搞混兩條巷子嗎？」

「你問我有沒有可能……當然有可能吧？實際上，岡安爺爺就搞混兩間屋子了，我有說錯嗎？」

「不，沒說錯。確實可能搞混。那麼，在什麼樣的狀況下，會造成這種程度的混淆？第一種可能，是爺爺喝到爛醉，甚至沒發現兩條巷子的明顯差異；第二種可能，是喝醉的爺爺搭計程車回家。」

意外的論點，使流平備感意外。「計程車？」

「對。爺爺在站前鬧區喝到凌晨回家，正常來說會搭計程車吧？而且搭計程車的時候，乘客經常會說『前面轉彎的第二條路口右轉』或『在第三個巷口左轉』為司機指路吧？流平的人型導航大致就是這樣，沙耶香小姐幫我們帶路時也類似這樣。」

沙耶香也點頭回應鵜飼的說法。「在夢見臺這種街道工整的住宅區，大多會這樣說明。」

「所以依此推斷，岡安爺爺昨晚搭計程車回到夢見臺，車子在朝日街轉進夢見街之後，他立刻指引『前面第三個巷口左轉』，但司機多經過一個巷口，在第四個巷口轉彎，開進④巷子讓爺爺下車，導致爺爺誤以為眼前的木戶家是自己家？」

「對。相較於喝醉的爺爺從鬧區徒步許久返家，還認錯明顯不同的巷口，這種說法的可能性高得多吧？」

「確實。也就是說，岡安爺爺認錯家，實際上是計程車司機的責任。原來如此，或許是這樣吧。話說回來，說到計程車，同一天晚上在①巷子發生計程車的小車禍，難道……」

「嗯，就是你想的那樣。這兩件事的計程車應該是同一輛。不只是凌晨三點這個時間相同，最重要的是同樣走錯路。」

「那麼，那輛計程車載客時走錯路，乘客下車之後又走錯路？慢著，不可能吧？司機再怎麼心不在焉，也不會在同一天晚上連續走錯路才對。」

「並非如此。第一個失誤引發第二個失誤，這種案例並非不可能。具體來說是這樣的。首先岡安爺爺指示『第三個巷口左轉』，司機收到指示，卻在陰暗的夜路漏看一個巷口，轉進④巷子。司機沒察覺走錯路，就這麼讓乘客下車，沿著原路返回。這次是反過來在『第三個巷口右轉』。離開④巷子在第三個巷口轉彎，會開到哪裡？」

「會開到……啊，是①巷子吧。原來如此，所以計程車不小心開進那條死巷，因而造成小車禍。原來如此，這樣就說得通了。這麼一來，載岡安爺爺回來的計程車，確實是撞到房仲店老闆的計程車。」

「對吧？我這麼推測之後，就對這場小車禍失去興趣。因為可以用司機的失誤解釋這個意外。我認為這件事和我們調查的竊案無關……直到返回丸吉酒店。」

鵜飼的發言暗藏玄機，流平立刻發問。

「回到丸吉酒店之後，那裡發生什麼變化？這麼說來，鵜飼先生當時好像忽然察覺什麼重要的事，是在丸吉酒店門口發現稀奇的東西嗎？」

「不，不是稀奇的東西，是極為常見，在街上看到不想看的冰冷長方形鐵箱——罐裝飲料的自動販賣機。丸吉酒店也有吧？」

「是指鵜飼先生撞到額頭的那臺自動販賣機吧，那東西怎麼了？」

「機器旁邊有條粗鐵鏈吧？是防止不肖分子破壞自動販賣機鎖頭偷錢的鏈條鎖，最近常看到這種裝置。話說回來，我想問沙耶香小姐一件事。」

「好的，什麼事？」

「丸吉酒店自動販賣機的鏈條，是裝在右邊還是左邊？」

沙耶香慎重思考之後，以充滿自信的聲音回應。

「鏈條在右邊。不只是丸吉酒店的自動販賣機，鏈條一般來說肯定都在右邊。」

「是的，自動販賣機原本就打造為方便右撇子使用，所以投幣口在右邊。自動販賣機的鑰匙孔，正常來說在投幣口附近，所以同樣在右邊，鏈條鎖當然也在右邊。既然鑰匙孔與鏈條鎖在右邊，就代表這臺自動販賣機是往左開吧？」

沙耶香點頭同意，旁邊的流平不禁納悶。

「往左開？什麼意思？」

「自動販賣機這種裝置，只要開鎖，正面就會像門一樣打開吧？而且是往左開，正確來說是往左前方開。幾乎所有自動販賣機都是這種構造。」

「這樣啊……」流平難掩疑惑，面帶詫異。「所以？」

「真是的，你還不懂？」鵜飼一副無可奈何的樣子，在熊貓背上誇張搖頭。

「幾個小時之前，我們剛看過世間罕見的自動販賣機吧？」

世間罕見的自動販賣機？流平不記得看過這種東西。真要說的話只可能是那臺。

「……難道是藤原不動產前面那臺超便宜的自動販賣機？」

「對。回想一下那個場面吧。我們從丸吉酒店沿著夢見街要轉進①巷子時，某人正在幫自動販賣機補貨吧？但我們一開始不知道是誰穿怎樣的衣服在補貨，因為打開的自動販賣機擋住補貨的人。」

「確實是這樣。」沙耶香像是回想起當時記憶般點頭。「我們看見的是自動販賣機正面寫的『破盤價80圓』。」

「一點都沒錯。不過仔細想想，一般來說不可能會這樣。正常的自動販賣機是往左開。這樣的話，從夢見街走到①巷子右轉的我們，應該會完全看到自動販賣機內部的樣子，也肯定能清楚看見補貨的人。反過來說，不可能看見『破盤價80圓』的字樣。不過在那個場面，我們確實沒看到那個英俊兒子，而是看見『破盤價80圓』。我當時完全沒想到，但現在就發現是寶貴的經驗。我們在那一瞬間，遇到往右開的超稀有自動販賣機！」

「…………」流平慢半拍點頭。「原來如此，聽你這麼說就發現確實沒錯。」

「這麼說來，那臺自動販賣機或許很奇怪耶～」

鵜飼像是完成世紀大發現般，露出「如何，很厲害吧？」的炫耀表情。但流平依然無法釋懷，向鵜飼提出一個重要的問題。

「自動販賣機往右開，就代表鑰匙孔在左邊吧？可是投幣口在右邊啊？為什麼刻意只把鑰匙孔設計在左邊，而且往右開？真的有這種自動販賣機？」

「居然這麼問，實際上不就有嗎？就在藤原不動產門前。你也有看到吧？」

「沒有啦，話是這麼說，但我不是這個意思，是想問這個世界是否真的有這種自動販賣機。換句話說，我想知道這種東西，是否存在於現實的日本社會……」

「你講得真怪。難道烏賊川市不存在於現實的日本社會？」

「哎，確實是這樣，不過該怎麼說，如果能在更平凡的都市舉例，聽起來應該比較具備真實性……」

然而，流平說出這個詞的瞬間，鵜飼表情大變。

「真實性？你說真實性？你剛才說真實性？」

鵜飼朝流平投以輕蔑的冰冷目光，接著忽然跳下熊貓，拔腿跑向大象滑梯，眨眼之間從尾巴的階梯衝到大象背上，從滑梯最高點朝烏賊川市區夜幕大喊：「真實性這種東西去吃屎吧～！」

鵜飼如同狼嚎的怒吼，甚至驚動夢見臺的家犬們。沙耶香以同情視線看向滑梯。

「那位先生看起來悠哉，其實累積不少情緒耶～」

「唔～他原本不是會大喊『去吃屎吧～』這種話的角色……」

總之，繼續扔著不管會妨礙安寧。流平從長椅起身，以雙手做出喇叭形狀大喊：「請快點下來吧，解謎才解到一半啊！」

「喔，這麼說來也對。」鵜飼說著從大象鼻子滑到地上，露出心魔盡去般的清爽表情，再度跨坐在熊貓背上。

「好，知道了。既然你這麼說，我就舉個烏賊川市以外，更具真實性的具體例子給你聽。我拿惡都東京舉例，你就沒意見吧？」

「是『花都』。東京或許是惡都，但一般都稱為花都。不過東京真的有這種鑰匙孔在左邊，面板往右開的自動販賣機？」

「有！我親眼見過。從水道橋站徒步五分鐘，無人不知的那個知名場所，確實就有這種自動販賣機。」

「咦，在東京巨蛋？」

「不，在WINS後樂園！」

「…………」流平有些無奈。「你跑去那裡做什麼？」

「做什麼？喂喂喂，等一下，WINS基本上只賣一種商品吧？」

「說得也是，我問這問題很笨。」

WINS後樂園是位於「後樂園遊樂場」旁邊的「成人遊樂場」。不對，應該稱為「動物園」。說穿了就是日本最大的場外賽馬券販售處。鵜飼說他在那裡看見奇蹟的自動販賣機。

「在六樓。WINS後樂園六樓的罐裝飲料自動販賣機，就是這種構造。乍看是稀鬆平常的普通自動販賣機，但確實是鑰匙孔在左邊、往右開的自動販賣機。」

「咦，真的嗎？所以現在去WINS後樂園六樓，也看得到實物？」

「不，很遺憾，那臺自動販賣機不知何時撤掉，現在只設置普通的自動販賣機。看來WINS的員工不曉得那臺自動販賣機的稀有價值。」

「要他們理解比較強人所難。」

「也是啦。在那之後，我再也沒看過右開的自動販賣機，直到昨天。」

這種自動販賣機，昨天忽然出現在鵜飼面前。鵜飼自己一開始也沒發現，但在看見丸吉酒店一般型自動販賣機的瞬間，他終於察覺那臺自動販賣機的特殊之處。

不過，等一下。即使藤原不動產的自動販賣機很特殊，那又如何？到頭來，我們原本在討論什麼事……

鵜飼無視於搞糊塗的流平，繼續說明。

「回正題吧。昨晚計程車司機連續兩次走錯路，我原本認為是司機單純失誤。如同剛才所說，確實有這種可能。但如今我開始認為，或許還有另一種可能性。」

「哪種可能性？」

「司機完全沒失誤的可能性。司機依照乘客指示行駛，依照『第三個巷口左轉』的指令，確實在第三個巷口左轉，卻依然轉進④巷子……就是這種可能性。」

「我聽不懂。在第三個巷口左轉，應該是③巷子吧，為什麼會變成④巷子？③巷子跑去哪裡了？難道昨晚的夢見臺，有條巷子憑空消失？」

流平認定不可能而這麼說，但鵜飼出乎意料率直點頭回應。

「對，正如你所說，昨晚的夢見臺，有條巷子消失了。但消失的不是③巷子，是①巷子。」

「怎麼可能！」流平的聲音不由得變尖。「那是巷子耶，巷子。所謂的巷子是道路，又不是魔術師把一根香菸變不見，誰能把整條路變不見？不可能。」

「當然不可能。但魔術師把香菸變不見，也不是真的把香菸變不見吧？只是巧妙隱藏得看不見而已。道路也一樣，只是藏起來看不見。最適合用來藏路的裝置，不就在①的巷口嗎？」

「適合藏路的裝置……啊！」流平聽到這裡總算有靈感了。「是自動販賣機？」

「對，就是擺在巷口的兩臺自動販賣機。你也有看見吧？那兩臺是機種最大的自動販賣機，有成年人張開雙手那麼寬。這兩臺機器隔著狹窄的巷口面對面設置，而且其中一臺是世間罕見的右開機種。這臺右開的自動販賣機放在巷口右側，正對面設置正常的左開機種。要是這兩臺自動販賣機同時開鎖，面板打開成九十度，會變成什麼狀況？狹窄的巷子就幾乎被自動販賣機的面板擋住吧？不覺得①巷口這種特殊狀況，和昨晚計程車司機走錯路有關嗎？」

「請、請等一下，鵜飼先生，你說兩臺自動販賣機完全擋住巷子，這是不可能的事吧？雖然沒正確測量巷子寬度，但應該超過三公尺，恐怕有三公尺半。另一方面，自動販賣機體積最大的機種，寬度也不過一公尺半，兩臺並排頂多也才三公尺。即使確實能幾乎擋住巷子，也不可能完全擋住。開啟的兩臺自動販賣機之間，有一條約五十公分的巧妙縫隙，這樣不算是完整的魔術吧？」

「沒錯，確實會有縫隙。既然這樣，就得拿適當的東西塞住這條縫隙。所以拿什麼東西比較適當？必須是寬度約五十公分、盡量易於搬動、放在自動販賣機旁邊也不會格格不入的物體。比方說啤酒箱就挺合適的，對吧？」

7

「啊啊，啤酒箱終於登場了～！」沙耶香像是找到尋找已久的好友，發出開心的聲音。「我還以為就這麼一直不會出現～」

對喔，不能忘記。這次事件的開端是啤酒箱竊案。

「這麼說來，我們一直在找啤酒箱吧？」

是誰基於什麼目的，偷走這種無聊的東西？這正是謎題的核心。而且鵜飼導出一個適合這個奇妙謎題的離奇解答。

「自動販賣機比一般成年男性還高，大約兩公尺。另一方面，失竊的啤酒箱共七個。每個啤酒箱高度約三十公分吧？縱向堆疊七個就是兩公尺多，導致①巷口出現寬三公尺半、高兩公尺的巨大牆壁，這個尺寸足以隱藏狹窄的巷子。凶手為了打造這面牆，偷走丸吉酒店門口的七個啤酒箱。這裡提到的凶手當然是藤原源治。」

「利用兩臺自動販賣機加上七個啤酒箱，確實可以完全擋住①巷子。就當成是這樣吧，但這到底為什麼？藤原源治為什麼不惜這麼做，也要擋住①巷子？那條巷子昨晚發生什麼事？」

「天曉得，這就是問題。其實我也不知道正確狀況。但是以自動販賣機與啤酒箱封鎖巷子的主謀，不可能只是在另一邊偷偷快樂跳裸舞。擅自封鎖巷子與偷走啤酒箱都明顯是犯罪，既然這樣，應該可以推定封鎖的巷子裡發生某種相應的罪行。另一方面，我們知道住在那條巷子底的田所誠太郎先生，就這麼和我們爽約沒聯絡，如果①巷子昨晚發生某種罪行，當然就會推測田所先生可能捲入犯罪之中。」

「原來如此。實際上，田所先生被發現時已經死亡。他究竟捲入何種犯罪？」

「正確情形不得而知。警方仔細檢驗屍體肯定會曉得，但我們只能想像。」鵜飼以此做為開場白，發揮自己的想像力。「地點是深夜路上，凶手是房仲店長。遇害者是住在同一條巷子的老人，後腦杓遭受致命傷身亡。雖說如此，兩人不可能是在深夜路上打架。說到在深夜路上經常發生的案件，率先浮上心頭的是哪種案件？肯定不是刺殺或槍擊命案。」

「路上經常發生的案件，不就是車禍？難道是肇事逃逸？」

「嗯，形容成肇事逃逸不太對，但我認為很類似。田所先生恐怕是被藤原源治開的車撞到。雖說是撞到，也只是稍微碰到，沒發出太大的聲音，所以附近鄰居都沒察覺。然而田所先生往正後方倒下，後腦杓重擊柏油路面而死。嚇一跳的藤原源治打算隱瞞這場意外，我猜他那天喝了不少酒，因為昨天和他交談的時候，他的呼吸有點酒味。酒駕肇事依照狀況，可能和殺人同罪，所以他拚命思索對策。如果是一般的肇事逃逸，凶手只須扔下屍體逃離車禍現場，但這次的車禍發生在藤原不動產旁邊。屍體倒在路上，血液流滿柏油路面，要是扔著不管，事情將會在天亮之後鬧大，藤原不動產的人們無法和車禍撇清關係，非得避免這種結果才行。因此他打算將路上遺留的車禍痕跡清洗乾淨，而且沒告知住在對面的兒子與媳婦，自己一個人清理。這當然是一項耗時的工作，幸好當時是深夜，幾乎不用擔心有人進入死巷，他大概認為勉強有辦法解決吧。但是夢見街令他在意。即使深夜完全沒行人經過，也偶爾有汽機車經過，要是有人發現他在清理車禍現場……他身為肇事者，當然會擔心這件事。因此他想到一個辦法。這麼說來，自己家的自動販賣機，其中一臺的構造很特殊，使用那個就能完全擋住這條巷子吧……他立刻將這個美妙的想法付諸執行，但實際執行就發現兩臺自動販賣機中間有一條縫隙，不是很理想。此時他又想到，這麼說來，丸吉酒店門外放了幾個啤酒箱……總之，藤原源治就像這樣臨機應變，成功在深夜的夢見臺隱藏一整條巷子，他在自動販賣機與啤酒箱之牆的守護之下，暗自成功清理車禍現場。就是這樣。」

鵜飼的推理難得說得通。最重要的是，至今無從推測的啤酒箱小偷犯案目的，他也交代得很清楚，因此他這次的推理可信度很高。然而並不是毫無疑點。流平針對疑點提問。

「不過，請等一下。假設鵜飼先生的推理正確，不就很奇怪嗎？藤原源治開車不小心撞死田所誠太郎，到這裡沒問題。但是不久之後，輪到藤原源治自己稍微被計程車撞。第一場車禍的肇事者，在第二場車禍成為受害者。真的有這種巧合？」

「問得好。這看起來確實是過於完美的巧合，卻是基於某種理由的巧合。不對，這不是巧合，甚至該形容為因果關係。」

「什麼樣的因果關係？」

「計程車駕駛為什麼會走錯路？如剛才所說，是因為①巷子昨晚被自動販賣機與啤酒箱隱藏。從朝日街進入夢見街的計程車司機，依照『第三個巷口左轉』的指示轉彎，進入④巷子。問題在於計程車的回程。在這個時候，藤原源治剛好清理完①巷子的車禍現場，他將兩臺自動販賣機恢復原狀，啤酒箱也收到建築物旁邊，①巷子再度以原本形式出現在夢見臺。回程的計程車剛好在這時候開過來，這次應該是『第三個巷口右轉』。如此心想的司機，在第三個巷口打方向盤轉彎，結果不知為何不是他要走的朝日街，是①巷子，而且路上有個中年男性。」

「是銷毀證據之後的藤原源治吧？」

「對。他大概是站在路中間進行最後檢查吧，計程車在這時候開過來。司機連忙踩煞車，但來不及煞住，計程車稍微撞上他，這就是第二場車禍的真相。換句話說，肇事者暫時藏起①巷子，後來恢復原狀，因而將計程車引進①巷子，自己就這樣成為第二場車禍的受害者。如何，真的是因果報應吧？人真的不能做壞事。」

流平聽完鵜飼的說明，回想起白天的光景。藤原源治在他們面前，以有些誇張的語氣，述說計程車撞到他之後逃逸的事件。現在回想起來，應該是他盤算要強調自己是受害者，隱瞞自己加害者的另一面。雖然只造成反效果，但以凶手的立場算是拚命作戲。

「好啦，這樣大致說明結束了。總歸來說，以上就是我的推理。但這個推理無從證實。計程車走錯巷子，也很可能單純是駕駛粗心。既然這樣，我應該怎麼做？最好還是找到屍體吧？但前提當然是田所先生真的出車禍喪命。」

「所以才在今晚埋伏監視？」

「對。肇事者昨晚大概光是消除路面車禍痕跡就沒有餘力，肯定無暇處理屍體。何況啤酒箱有七個，凶手沒把偷走的啤酒箱還給丸吉酒店，代表啤酒箱還藏在建築物某處。既然要連同屍體處理掉，一般車輛就沒辦法載運，至少需要小貨車。拉上鐵捲門的車庫裡，是否真的藏著搬運屍體用的小貨車？即使是我，在確認這一點之前，終究不安得無以復加。」

這麼說來，小貨車從車庫出現的瞬間，鵜飼明顯露出喜悅神情。他在那一瞬間確定勝利，隨即被小貨車撞上。對於小貨車駕駛座的凶手來說，這場車禍絕對不能發生。要是鬧上警局，貨斗上的屍體將會曝光，這樣他就完了。受到恐怖情緒驅使的藤原源治，在這一瞬間胡亂打方向盤，展開像是自暴自棄的逃走戲碼。

「我差一點捲入自暴自棄凶手的行徑而沒命。」復甦的恐怖情緒使得流平發抖。「話說回來，請在最後告訴我一件事。田所誠太郎為什麼在深夜穿睡衣在路上閒晃？他要是乖乖在家裡睡覺就不會出車禍吧？」

「啊，你想問這個？答案就在田所先生打給我的電話。到頭來，他原本想委託鵜飼偵探事務所什麼事？」

「唔～記得是幫忙尋找失蹤的貓……啊，對喔！」

「嗯，基本上沒錯。田所先生在那天深夜聽到貓叫聲。這位愛貓的老人再也按捺不住，就這麼穿著睡衣外出找貓，因而遭遇意外的悲劇。」

原來如此，確實是悲劇。不過田所在死亡前一天打電話委託偵探事務所，堪稱不幸中的大幸。結果鵜飼雖然沒找貓，卻改為尋找啤酒箱，最後得以發現田所的屍體。

就這樣，關於啤酒箱的所有謎題都解開了。鵜飼的推理是否為真，等到警方開始辦案之後，應該會逐漸揭曉。總之深夜的解謎至此結束。流平如此心想，看向坐在旁邊的沙耶香，發現她不知為何嘴巴微張露出脫線表情，交互看著鵜飼與流平。

「怎麼了？」沙耶香聽到流平的詢問，後知後覺般驚叫出聲。

「鵜飼偵探事務所？鵜飼偵探？咦，不會吧？那位是偵探先生……」

她伸手所指的偵探露出疑惑表情，按住自己的胸口。

「這麼說來，我好像沒提過？嗯，是的，我正是這座城市最高明的偵探，鵜飼偵探事務所所長鵜飼杜夫。嚇一跳嗎？不過小妹妹，請不用擔心，本次案件始終只是我基於偵探的好奇心介入，完全不會向妳索討報酬。」

鵜飼漂亮解開啤酒箱之謎，又始終維持謙虛又紳士的態度，不曉得吉岡沙耶香看在眼裡是何種感想。

總之，在流平眼中，鵜飼只是坐在熊貓背上耍帥罷了……

8

隔天的報紙大幅報導夢見臺案件的細節。藤原源治遭到警方逮捕偵訊，似乎正逐漸招供自己的酒駕行徑，揭開案件全貌也只是時間的問題。但流平更在意同一個版面角落記載的小專欄報導：「夢見臺案件發生之後，當地謠傳恐怖分子使用細菌兵器導致自衛隊出動，導致現場周邊一度大亂。」

流平拿這篇報導給鵜飼看，他以非常正經的表情，說出「真是的，毫無根據散播這種謠言胡鬧的傢伙真令人頭痛」這種事不關己的評語。真是的，下意識散播這種謠言的私家偵探真令人頭痛。

就這樣，案發經過一段日子之後的夏季某日。

偵探事務所收到那間酒行的少女——吉岡沙耶香寄來的消暑禮品與一封信。內文以鄭重道謝的話語開始，寫得挺長的。照她所說，那七個啤酒箱經過警方調查，最近將會還給丸吉酒店，但她也加上「反正就算拿回來，也只會堆在原位吧～」的冷淡見解，很像女高中生的個性。不過最引人注目的是附註。活潑的字體構成下列字句。

附註：經過那個案件，我們店裡住進一隻黑貓，或許是偵探先生們原本要尋找的貓？牠現在成為店裡的招財貓大顯身手，改天請來看看牠。

雖然一點都不重要，鵜飼卻當成一則愉快的好消息。

「結果我們沒接下找貓的委託，田所先生也死了。那麼迷路的貓在那裡做什麼？我出乎意料很在意這件事。」

「這樣啊，我則是斷然比較在意沙耶香小姐送的禮物。」

就這樣，鵜飼與流平的注意力，轉移到送給他們消暑的禮物。

這是表面平坦的方形箱子，顯然是啤酒箱。裡面當然不是空的，是二十瓶啤酒。這正是偵探在本次案件得到的唯一報酬。

當天晚上，有點奇妙又開朗的歡呼聲，響遍鵜飼偵探事務所。

「敬啤酒箱！」

「乾杯～！」

雀之森的異常夜晚

1

西園寺家是烏賊川市傳承三代的老牌和菓子店「雀屋」的創始者。住在烏賊川市的人即使沒聽過西園寺，也應該知道「雀屋」這間店。即使哪個涉世不深的人斷言自己沒聽過也不曉得「雀屋」這間店，只要聽到「雀饅頭」肯定會輕敲手心回應「啊，是烏賊川的土產吧」。「雀饅頭」是以褐色外皮包裹紅豆餡的豆沙包，正如其名是雀的外型，頭部以黑點畫上兩個可愛眼睛，簡單來說就是類似知名和菓子「小雞饅頭」的商品。因此東京並未販售，也不能販售。

西園寺家的宅邸座落於烏賊川市西方近郊，太平洋浪濤拍打的海岸山崖旁邊。日西合璧的雙層樓建築物矗立於此地展現威儀。居住在這裡的是「雀屋」前任社長暨現任名譽會長西園寺庄三一家人。通稱「西園寺宮殿」的這座豪宅，是一般居民戲稱為「雀旅館」的知名地點。遼闊的住家土地周圍籠罩茂密森林，而且確實成為雀鳥與烏鴉的樂園。

「似乎也通稱為『雀之森』？」

這裡是明月照亮的森林步道。身穿磨損牛仔褲加運動薄外套的戶村流平，和一名女性並肩前進。她身穿白色上衣、深藍色開襟外衣加格子裙，是殘留學生氣息，打扮得很成熟的十九歲女生。和流平並肩前進的樣子，只像是受騙帶到森林裡的純樸大小姐。

給人內向氣息的她，低聲回應流平的詢問。

「嗯，是的，因為有很多雀鳥……」

她微弱的聲音，立刻被森林裡滿滿的蟲鳴蓋過。不過她的回應沒什麼重要內容，即使蓋過也不成問題。流平和身旁的她——西園寺繪理，從剛才就一直聊不開，流平開始感受到一股全力朝著低彈力軟墊投球的空虛。

現在是十月中的凌晨零點半。剛從週六進入週日。

抬頭就可以從林間縫隙欣賞頭頂的滿月，情調無話可說。流平有幸在這種環境，和西園寺家千金在雀之森進行深夜散步，而且是女方主動邀約。依照健康男生的正常思考邏輯，這是令人認定「有機會一親芳澤！」的場面。但先不提現實狀況，依照流平過於健康的思考邏輯，單純只會認定這是「不可能沒發生任何事！」的狀況。

即使如此，兩人距離依然沒有縮短的徵兆，只有時間平白流逝。無人出局滿壘的大好機會，就這麼沒得分進入兩人出局滿壘的狀況。耐不住性子的流平率直提問，試著擊出反敗為勝的及時安打。

「那個……繪理小姐，妳找我出來是有話要說吧？」

「啊？」繪理像是中了冷箭，以緊張態度回應。「啊，是的，沒錯。不，算是有話要說嗎？只是想和您聊一下。戶村先生是私家偵探吧？這是很罕見的職業，我想請教各方面的事情。」

「啊啊，原來是這樣。但我不曉得算不算偵探……」

確實，戶村流平基於某些原因從大學中輟之後，在私家偵探事務所賺取生活費，在每天的辛勤工作之中，夢想在明天成為名偵探，是一名勤勞的青年。換言之就是偵探的徒弟。到目前為止，他很少從事動腦的工作，大多在需要體力的場面大顯身手。過去曾經發現屍體，也曾經成為嫌犯被警方緝捕，不久前甚至掛在失控小貨車的車頂差點殉職。但要是和千金小姐聊這種話題，他不清楚是否能聊得盡興。

「雖說是私家偵探，但我只是見習。何況偵探事務所不是小說裡那種帥氣職場，是所謂的『4K』。」

「4K……意思是？」

「『辛苦』、『髒亂』、『危險』，以及『薪水少』，完全是4K。啊，此外還有『上班時間不固定』。啊，還有『沒希望』。」（註2）

拜託，笑一下！流平以祈禱的心情等待反應，繪理則是靜靜回應。

註2　上述六項在日文發音皆以K開頭。

「這樣啊，好辛苦的工作。」

流平期待落空，對話果然至此中斷。流平暗自煩惱。

究竟該怎麼做？打開她心房的鑰匙在哪裡？

這一瞬間，期待已久的僥倖出現在流平面前。步道旁邊的地藏後方忽然響起振翅聲，竄出一道黑影。是烏鴉。

「呀啊！」繪理輕聲尖叫，極為自然地抓住身旁的流平。回神一看，繪理嬌柔的身體位於流平懷中。流平一邊擔心自己立刻加速的心跳聲是否傳達給她，一邊因為這個出乎預料的狀況而嘿嘿嘿地放鬆臉頰。這正是理想的演變！就是這個，我就是在等這種意外！

流平感受著懷中女孩的觸感，暗自朝樹上嘎嘎叫的烏鴉豎起大拇指。烏鴉，幹得好！你是今晚的MVP！

「………」且慢。戶村流平，接下來怎麼辦？「慘了……我沒想……」

流平就這麼任憑繪理抓住，花數秒檢討如何善後。但流平得出明確的答案之前，繪理出乎意料先採取行動。她以雙手用力抓住流平肩膀，輕輕說聲「過來」，拉流平到地藏旁邊，進入及腰灌木叢生的區域。她出乎預料的行動，令流平興奮到頂點。

喔喔，真大膽！在深夜的森林裡，西園寺家的溫室花朵撕毀平常溫文賢淑的小貓面具，終於化為本性盡露的母貓，和住在市區的野貓戶村流平享受歡愉！這真的是超乎想像的意外進展！

然而，流平胡思亂想而顫抖時，繪理不知為何把手放在他頭上。

「……？」流平愣了一下。

下一瞬間，繪理用力將流平的頭往下壓，力道大得像是要把頭塞進身體。流平只能發出唔咕咕咕的淒慘呻吟蹲下去。「這、這是做什麼？」

繪理尖聲提醒蹲在灌木叢後方的流平。

「安靜！有人來了！」

咦，不會吧？三更半夜，誰會來這種森林做什麼？

流平將他們自己的事情放在一旁，打從心底感到疑惑。但繪理說的是真的。從灌木上方探出半張臉，悄悄朝步道一看，流平他們剛才走過來的方向，出現像是手電筒的光線，而且光線微微搖晃，確實朝這裡接近。

不過，等一下。我們只是在散步，為什麼要躲起來？

不，流平當然知道理由。繪理應該不希望別人看到她深夜和年輕男性在一起。良家千金這麼想是理所當然。就算這樣，忽然用力將別人的頭壓下去也太過分吧？見習偵探的頭是生財工具，不是沒打好的樁子。

流平率直抱持不滿，不過仔細想想，和繪理相互依偎般藏在樹叢後面，也是頗為刺激、興奮的場面。流平決定暫時享受上天安排的現狀。

燈光緩緩接近流平他們藏身的灌木叢。照亮前方的燈光反而成為阻礙，使得流平無法辨認對方是誰。流平與繪理就這麼在灌木叢後方繃緊身子。不久，燈光在兩人面前從左而右經過，只在灌木上方探出半張臉的流平，總算從眼前光景掌握端倪。

從眼前經過的是一臺輪椅。某人坐在輪椅上，上半身微微前傾，左手握著一個手電筒，燈光筆直照亮前方，右手似乎微微離開輪椅扶手。

流平並未詫異這個人是誰。西園寺家平常只有一個人會使用輪椅。

「爺爺！」繪理輕聲驚叫。

記得繪理的爺爺——西園寺庄三高齡七十多歲。他長年罹患糖尿病，近年被迫以輪椅代步。流平也很清楚這件事。但庄三為何三更半夜造訪雀之森？流平感到納悶。

另一方面，還有一個人如影隨形跟在輪椅後方。流平不曉得推輪椅的人是誰，森林裡很陰暗，因此看不見長相。不過這個人遠離時，月光隱約照亮這個人的背影、寬廣的肩膀與剪短的頭髮，所以確定是男性。說到西園寺的男性，流平腦中浮現數個人選，但還是無法確定是誰。

庄三與另一個神祕人物沒發現流平，默默離開。

流平在手電筒燈光消失的同時鬆了口氣，伸直縮起至現在的上半身，從灌木叢後方回到步道。

「看來沒被發現。」流平看著輪椅離去的方向。「話說繪理小姐，妳知道剛才那個人是誰嗎？推著庄三先生輪椅前進的另一個男性……他是誰？」

「不，我也不曉得。畢竟只從樹叢後面偷看，而且很陰暗。」

「原來如此，繪理小姐也是啊。唔～會是誰呢？這種時間來這裡做什麼……」

「我覺得無須在意，應該和我們一樣是深夜出來散步吧。」

「對喔，這麼說來，我們也正在散步。」流平終於想起一開始的目的，轉頭環視四周。「啊，那邊有長椅，休息一下吧？」

流平手指的方向，是紅色鳥居很顯眼的狐神像。木製長椅就在鳥居旁邊。繪理在流平邀請之下，乖乖坐在長椅。流平坐在稍微遠離她的位置，等待烏鴉再度起飛。

「…………」

但奇蹟沒發生第二次。別說烏鴉，連雀鳥都沒叫，大約五分鐘都處於沉默狀態。繼續沉默下去，或許其中一人會缺氧昏倒吧？流平認真擔心這件事，最後主動從長椅起身。

「變得有點冷。繪理小姐，是不是該回家了……唔咕！」

起身的流平，忽然被繪理摀住嘴。接著繪理將呻吟的流平拖到長椅後方，手按在流平頭上用力按。流平發出唔咕咕的聲音蹲下去，完全重現剛才的場景。

也就是說……

察覺狀況的流平，躲在長椅後方看向步道。或許該說正如預料，遠方出現小小的手電筒燈光，肯定是剛才那兩人折返。雖然不願意這樣偷偷摸摸，躲在這裡依然是明智之舉。流平如此心想，乖乖和身旁的繪理一起躲起來。

手電筒燈光逐漸接近這裡。流平覺得速度不對勁。太快了。剛才肯定走得更慢。速度那麼快，輪椅上的庄三不會害怕嗎？推輪椅的人應該會關心這一點……

然而，手電筒光源來到面前的瞬間，流平得知速度快得不自然的原因。

「咦？」出乎意料的光景，使得流平不禁輕聲一叫。

輪椅是空的，庄三不在上面。後方的某人全力推著空輪椅奔跑。這麼一來就不用關心任何人，這正是輪椅異常快速接近的原因。

沒人坐的輪椅如同一陣風，沿著步道離去。

在長椅後方繃緊身體撐過這個場面的流平，慢了一步看向輪椅離去的方向。然而推輪椅的神祕人物背影已在遠方，來不及仔細觀察就融入黑暗中消失。

流平彈跳起身，衝到步道。

「繪理小姐，看到剛才的光景了嗎？有吧？剛才究竟是什麼狀況……？」

「是的，確實很奇怪。剛才肯定有兩人，現在卻只有一人，輪椅是空的。既然這樣，爺爺去哪裡了……？」

流平驚覺不對，指向步道遠方，空輪椅接近過來的方向。

「繪理小姐，請告訴我，沿著這條路會通到哪裡？」

「咦，這條路通到……」但繪理似乎有種不祥預感，沒有立刻回答。「總、總之去看看吧！去了就知道！」

繪理還沒說完，就沿著陰暗的步道奔跑，流平也緊跟在後。月光從樹梢灑落，照亮沒有岔路的這條林中步道。但兩人跑不到一分鐘，步道就忽然中斷，雀之森也到此為止。

穿過森林，是一座斷崖。

沒有觀景臺之類的設備。雜草叢生、石塊散落的五坪空間，只豎著一塊立牌。白天在這裡眺望風景或許很舒服，但不會令人想在深夜前來。

流平迅速環視這個不大的空間。沒有人影，也沒有藏身之處。

斷崖另一側是大海。雖然沒勇氣窺視，但應該是海。

「難、難道……爺爺他……」繪理聲音在顫抖。

「慢、慢著，還不能這樣斷定。」流平出言安慰，隨即遲一步說出懊悔的話語。「糟了！剛才那個人！不應該放那個傢伙跑掉的！他肯定將庄三先生……」

斷崖下方拍打岩石的浪濤聲，以及呼呼大作的風聲，蓋過流平的話語。

2

「發生天大的事情了。詳情我晚點說明，總之請盡快趕來。啊，可以的話，麻煩盡量不要引人注目。等等見。」

戶村流平打手機緊急通知師父。他的師父當然是偵探事務所唯一的所長——鵜飼杜夫。雖然絕對稱不上可靠，但他終究高掛「歡迎麻煩事」的招牌，肯定會開著愛車藍色雷諾，迅速趕到西園寺宅邸門前緊急煞車。如此心想的流平，立刻前往西園寺宅邸門口待命，引頸期盼他的到來。

經過有點久的三十分鐘，隨著充滿節奏感的排氣聲停在流平面前的，不知為何是一輛藍色的本田小狼機車，後座是寫著「來來軒」的外送箱。身穿白廚師服裝的男性，毫無意義以花俏動作下車。「感謝惠顧！」

「……………」流平沉默不語，暫時移開目光。

怎麼辦？這怎麼看都像是偽裝成拉麵店員工的私家偵探。

流平思索該如何反應時，男性主動壓低聲音，天真地露出勝利者的笑容。「不是拉麵店喔。流平，是我啦，我是鵜飼。嚇到了？」

「不，沒嚇到。」要是動不動就受驚，沒辦法擔任偵探徒弟。「話說，我從一百公尺遠就覺得『啊，鵜飼穿成拉麵店員工的樣子過來』。不好意思，我沒想到你今晚要打工……」

「你別亂講話！」偵探聲音變得粗魯，他是當真的。「錯了，我不是從打工的地方趕來，是你要求『不要引人注目』，我才用心扮裝。」

「這樣反而引人注目！」流平對鵜飼秀出手錶大喊：「何況你以為現在幾點？凌晨三點外送的拉麵店員工太不自然吧？」

「原來如此，看來我選擇錯誤。」鵜飼大事不妙般打響手指。「不過，你這麼說才叫做沒常識。凌晨三點出勤的私家偵探太不自然吧？」

「哎，這一點我道歉。」流平搔了搔腦袋環視四周。「總之不要站著聊，可以進來嗎？」

流平帶鵜飼進入西園寺家，就這麼進入宅邸，來到流平分配到的三坪和室。這裡是西園寺家的客房。流平拿坐墊邀師父坐下。

「總之，請坐吧。不對，得先請你換衣服，這副打扮實在是……」

「不要緊。」鵜飼話沒說完，就在眨眼之間迅速撕掉拉麵店員工的服裝。取而代之現身的，是身穿熟悉西裝的私家偵探鵜飼。「哼，如何？」

「…………」就算鵜飼這麼問，流平也只想問他這種乏味的變身有何意義。

「總之坐吧，我去泡茶……」

流平以茶壺泡茶，兩人隔著桌子相對而坐。但是該從哪裡說起？流平猶豫時，盤腿坐在坐墊上的鵜飼先開口了。

「那麼，先說明詳情吧。這究竟是怎麼回事？」

「嗯，本次事件可能是命案。總之，請聽我說……」

流平在桌面探出上半身，鵜飼搖頭伸出雙手制止。

「慢著慢著，照順序來。命案？誰想聽這種事？」

「啊？」這個人在說什麼？

「啊什麼啊，你為什麼理所當然位於西園寺家，還成為重要客人分到這間客房？先告訴我這方面的詳情吧，我生性最在乎這種小事。」

「咦～你說這件事？哎，確實需要說明就是了……」

流平逼不得已說明原由。事情並不複雜，簡單來說，西園寺庄三的么子西園寺圭介，是流平大學時代電影社團的朋友，兩人直到流平輟學都在來往。圭介身兼製片、導演、編劇與主角，自己製作一部電影，昨天是拍片日，流平也從早上擔任打雜與配角。他們在烏賊川河岸拍片到傍晚，拍完到市區KTV唱歌喝酒，後來流平接受圭介的邀請，就這麼打擾西園寺家，以平常很難有機會喝到的高級威士忌續攤……「呃，鵜飼先生，你在聽嗎？」

流平大喊之後，不知何時躺下來的鵜飼，打個好大的呵欠回應。

「呵啊……哎，老實說，你講得很無聊，我打從心裡覺得無聊。我早就很清楚你的日常很無聊，差不多該說明那件不無聊的命案了吧？」

「明明是你自己想聽，請不要把『無聊』兩個字掛在嘴邊！還有，鵜飼先生，你在別人家太放鬆了。喂，別用坐墊當枕頭！」

流平抽出鵜飼頭部下方當成枕頭的坐墊，讓他好好坐在坐墊，才終於完成說明的準備。只要鵜飼在場，做什麼事都很花時間。

「那我如你所願述說事件經過吧。這是幾小時之前，在雀之森發生的奇妙事件。請仔細聽我說……」

流平說明他在雀之森目擊的整段過程。剛開始沒什麼興趣聆聽的鵜飼，似乎也隨著話題進入核心而刺激到偵探的職業意識，表情逐漸變嚴肅，最後還探出上半身。

流平說到告一段落時，鵜飼像是驚訝於結局過於淒慘，呻吟說著「居然會這樣」以雙手掩面。

「難以置信，什麼都沒做？明明在深夜和可愛女生到陰暗的森林裡獨處，卻是這種結果？別耍帥，直接撲上去不就好？撲上去！」

「用不著對這方面感興趣！」不過，鵜飼就是會對這種事感興趣。「不提這個，重點在案件啦，案件。有種凶殺案的味道吧？」

流平重新詢問，鵜飼也終於恢復為偵探的表情認真回答。

「原來如此，確實挺有趣的。所以你與繪理小姐後來怎麼做？跑去追那個逃走的神祕人物？」

「怎麼可能。我們當然是跑回這間宅邸，將剛才目擊的這件事告知屋內其他人。西園寺家的人最初半信半疑，但前去別館確認庄三先生臥室之後，所有人臉色大變。臥室空無一人，床也是涼的，決定性的證據在於庄三先生的輪椅倒在後門旁邊。對，正如字面所述橫向倒地，如同某人從後門粗魯扔輪椅進來。」

「嗯，西園寺家的人們至此終於察覺不對勁是吧。一般來說，庄三先生不可能留下輪椅獨自失蹤。」

「是的。後來眾人分頭在宅邸內外尋找好一陣子，卻還是找不到庄三先生。」

「這麼一來，你與繪理小姐目擊的光景，就真的具備重大意義。依照你的說法，這個事件應該是神祕人物帶著不良於行的庄三先生到斷崖扔進海裡，然後倉皇逃走。假設如此，你與繪理小姐曾經在雀之森近距離見到恐怖的殺人魔。」

流平聽鵜飼這麼說，再度顫抖。「果、果然是命案？」

「嗯。不良於行的庄三先生要是從斷崖墜海，得救的機率幾近於零。如果你說的是真的，庄三先生很可能已經喪命。」接著，鵜飼後知後覺提出單純的問題。
「既然這樣，你們得盡快叫來的應該不是私家偵探，是警察吧？但你們似乎還沒打一一〇報警，這究竟是誰的指示？」
「啊，關於這個……」流平要說明原因時，隔著一道拉門的旁邊房間，傳來一個具有張力的女性聲音，打斷他的話語。
「是我的指示。」
拉門瞬間無聲無息滑動，現身的是體態穩重過度，如同啤酒桶的婦女。她身穿類似喪服的黑色衣物，環繞腰部的腰帶像是隨時會撐斷，年齡約四十歲前後。她不太自在地正坐在榻榻米上，朝鵜飼恭敬低頭致意。
「初次見面，我是西園寺花代。」
流平輕聲補充：「這位是西園寺庄三先生的長女，繪理小姐的母親。」
「啊，原來如此，您好……」鵜飼頗為困惑地注視花代，接著看向她原本所在的深處房間。「夫人，想請教一件不重要的事，您剛才一直在拉門後面聽我們交談嗎？究竟是從何時開始聽的？」
「很抱歉，我從戶村先生的無聊日常，一直聽到現在。」
為什麼連她都要說我的生活無聊？還有，她再怎麼樣也偷聽太久吧？既然要出來就早點出來啊！

花代無視於不悅的流平，若無其事說下去。

「是我決定別報警，這當然也是全家人的共識。另一方面，我們也請戶村先生找您過來。因為我們聽說鵜飼是本市最高明的名偵探。」

「是的，我不否認我是本市最高明的偵探。」偵探厚臉皮地完全附和花代這番話說下去。「不過，為什麼不報警？他們也挺優秀喔，而且基本上免費。」

花代聽到鵜飼這麼說，遺憾般搖了搖頭。

「如果戶村先生與繪理說的是真的，幫家父推輪椅的神祕男性，果然很可能是西園寺家的某人吧？」

「總之，外人犯案的可能性也不是零。」鵜飼姑且維持慎重的態度。「但如夫人所說，依照現狀，得認定凶手是西園寺家的男性。這座宅邸周邊沒有像樣的住家，最重要的是，能在深夜推輪椅帶庄三先生前往戶外的人，應該是庄三先生親近的人。」

「我也有同感。」花代夫人難過地點頭之後，毅然決然抬起頭。「這麼一來，果然不能隨便報警。您明白吧？」

「想要不了了之？不可能，我也無法認同。」

「當然不是要不了了之，甚至相反，我希望務必揭發真相，請您找出殺害家父的真凶。」

西園寺花代正式向偵探提出委託，但鵜飼臉色為難。

「還沒確定庄三先生遇害……何況找出凶手之後，您要怎麼做？」

「讓他自首。」花代以平靜但有力的語氣斷言。「只有如此才能將案件造成的影響降低到最少，維持西園寺家的體面。」

「原來如此，這是明智之舉。今天是週日所以還好，但到了週一，要是名譽會長缺席，會在『雀屋』內外造成問題吧？即使能隱瞞一兩天，也不可能一直這樣下去，事情遲早會鬧開。」

「所以，得在這之前破案。」花代以不容分說的語氣回應，在下一瞬間俐落彎起碩大的身軀行禮，額頭幾乎碰到榻榻米。「拜託您，您是唯一的依靠。」這是偵探很愛聽的必殺臺詞。

「真是的，沒辦法了。」聽到這番話的鵜飼喜形於色，聳肩回應。「那麼，我就盡量回應夫人的期待吧。請夫人準備一張很多零的支票，此外……」

鵜飼暫停片刻，向花代提出另一個重要請求。

「可以在客廳集合西園寺家所有人嗎？」

3

住在西園寺家的所有人，依照鵜飼指示聚集在一樓客廳。共有六人，三男三女。

第一位女性是庄三的長女花代，再來是繪理，最後是年約五十歲的高田朝子。她消瘦如同枯枝的身體穿著圍裙，是長年住在西園寺家服務的幫傭。

「問題在男性。」鵜飼看向客廳詢問流平：「那個像是熟悉銀座夜生活的中年紳士是誰？」

「銀座夜生活？啊，他是西園寺輝夫，『雀屋』現任社長，花代女士的丈夫，也就是庄三先生的女婿。聽說他大約十五年前，帶著當時年紀還小的繪理小姐，和花代女士再婚。」

「哎呀，也就是說，繪理小姐不是花代夫人的親生女兒？」

「是的，但她們現在的關係看起來很圓滿，如同親生母女。輝夫也是從庄三先生那裡接任社長之後一帆風順。不過眾人公認對『雀屋』的經營最具影響力的不是社長輝夫，而是幕後掌管的花代女士。」

「比起那位外型出色的紳士，花代夫人確實更有派頭許多。她當社長不就好？」鵜飼挖苦說完，將矛頭指向下一名男性。「那麼，那個三十歲左右，像是在六本木運動俱樂部痛快流汗之後光顧日晒沙龍的男性是誰？」

「六本木運動俱樂部？啊，他是西園寺和彥，庄三先生的長子，也就是花代女士的弟弟。原本應該以西園寺家長子身分繼承『雀屋』的招牌，但正如外表所見，不適合主導經營和菓子店。雖然姑且在經營團隊掛名擔任重要幹部，但他其實還想繼續玩樂吧。我不知道他是否會光顧日晒沙龍就是了。」

「嗯，動機是想得到玩樂的錢嗎……」鵜飼以先入為主的目光瞪向和彥，接著看向第三名男性。「那他呢？像是會在澀谷電影院，擺出看得懂的表情欣賞艱深電影的男性……慢著，我知道他是誰，就是你朋友西園寺圭介吧？在大學加入電影社團的人大多是那種長相。」

「你的意思是哪種長相？請具體說說看啊！」流平不知為何覺得鵜飼在說他，一瞬間面有慍色，但立刻想到現在不該生氣。「哎，關於圭介沒什麼好補充的。圭介是庄三先生的二兒子，花代女士的小弟。難道你也懷疑圭介？他不是會把父親扔到海裡的人。」

「或許他想拍這種電影。」鵜飼說出這種黑色笑話，接著以正經語氣提醒流平。「無論如何，你不要私情用事，因為將庄三先生扔進海裡的凶手肯定就在附近。話說流平，你當時目擊深夜推輪椅的神祕男性，你說這個人體格中等、寬肩膀、短頭髮。在他們三人之中，誰符合這些條件？」

用不著鵜飼詢問，流平從剛才就把這件事放在心上，觀察這三名男性。流平將自己的結論告訴鵜飼。

「我認為輝夫、和彥、圭介三人都符合條件。他們都是體格中等、寬肩膀、短頭髮，沒辦法從三人之中挑出一個人。」

「這樣啊，那就沒辦法了。既然人物都介紹過了，那就開始吧。」

鵜飼悠哉說完，勇敢進入嫌犯們等待的客廳，寧靜的客廳氣氛忽然騷動起來。複數視線同時集中在偵探身上，如同看到某種可疑的東西。嫌犯們率直討論自己對這個不速之客的印象。

「那個人是誰？」「好像新橋夜晚錯過末班車的上班族。」「也像是住在有樂町高架橋底下的遊民。」「中央線沿線的烤雞肉串店，似乎看得到這種人。」「不對，好像赤羽……」

雖然不清楚「好像赤羽」是什麼意思，總之評價不佳。鵜飼乍看像是面不改色聆聽，仔細一看卻會發現他眉毛微微抽動，臉頰也在抽搐。

此時，花代為了幫鵜飼解圍，大聲向客廳眾人告知。

「各位，這樣很失禮。這位不是來自新橋、赤羽或錦糸町，是住在烏賊川市的私家偵探。」

不過，根本沒人提到「錦糸町」，似乎是花代失言。

「花代姊。」開口的是臉龐黝黑的和彥。「這個人難道就是妳之前提到，本市最高明的偵探？事情交給這種人處理沒問題嗎？」

「現在只能交由他處理。我剛才正式委託這位鵜飼偵探調查本次的案件，所以請各位協助鵜飼偵探搜查。沒問題吧？」

花代的話語如同魔法有效，場中無人反駁。投向鵜飼的嚴厲視線變得緩和，客廳氣氛轉變為「總之聽他說說看吧」。西園寺庄三不在的現在，可以認定這個家實質上由長女花代掌權指揮。

鵜飼走到客廳中央，終於開始偵訊相關人員。

「各位應該也知道，今天凌晨零點半左右，戶村流平與繪理小姐目擊神祕人物。依照狀況判斷，這個人很可能是殺害庄三先生的凶手，所以我想詢問各位是否有不在場證明，不過在這之前，得確認一件事……」鵜飼環視沉默的眾人，開門見山詢問：「昨天，庄三先生還活著的時候，最後看見他的是哪一位？」

在眾人詫異之中，圭介如同代表大家般回應。

「那還用說？就是戶村與小理。他們在森林裡看到坐輪椅的父親。」

「原來如此，確實是這樣。但我想知道的，是哪位曾經以更確實的形式，和庄三先生對話或是見面。輝夫先生，你的狀況如何？」

被徵詢意見的輝夫，困惑開口回應。

「不，我昨天完全沒見到岳父，也沒和他交談。」

「喔，完全沒有？為什麼？」

「這不是什麼罕見的狀況。昨天是週六，公司放假，既然沒有公事行程，岳父肯定獨自待在別館靜養。另一方面，我與和彥跟重要客戶約好打高爾夫球，所以一大早就出門。」

和彥也用力點頭，證實輝夫這番話。「確實沒錯，我們前往盆藏山鄉村俱樂部，回來的時候已經是黃昏。」

和彥提到的高爾夫球場，距離西園寺家約一小時車程。

「假日打高爾夫球啊，真優雅。」平常過得絕不富裕的偵探，以羨慕的眼神看向兩人。

「這可不是玩樂啊。」和彥不太高興地反駁。「這場高爾夫球是招待開發新產品的重要客戶，完全屬於工作範疇。」

「喔，開發新產品？」鵜飼眼中出現好奇神色。「以『雀饅頭』聞名的和菓子老店『雀屋』要推出哪種新產品？」

社長輝夫聽到鵜飼的詢問，立刻變成生意人的表情傲然回應。

「形狀扁平的褐色甜餅乾。重點在於依照公司名稱，設計為雀的造型。商品名稱也直接叫做『雀奶油餅乾』。」

「『雀奶油餅乾』？」

看來鵜飼也終究覺得很可疑。「這樣很像『鴿子奶油餅乾』吧……」

「完全不一樣。他們是鴿子，我們是雀。除了同為鳥類沒有重複之處。」

「原來如此，繼『雀饅頭』之後是『雀奶油餅乾』啊……」

鵜飼沉默思索片刻之後，忽然抬頭露出佩服表情點頭。「哇，不愧是『雀屋』，我預感這個商品會大賣！」

不過，奶油餅乾不是和菓子吧？流平在心中小小吐槽。

鵜飼終於從奶油餅乾回歸正題到命案。「所以，最後看見庄三先生的是哪位？至今還沒人出面承認……」

此時，一隻細瘦的手戰戰兢兢舉起。

「我想，應該是我。」是幫傭高田朝子。「昨天傍晚六點多，我送晚餐到別館，約一小時之後再過去收拾餐具。是的，老爺看起來和平常沒有兩樣，他說『今晚沒事了，妳休息吧』，所以我也行禮致意之後離開。結果那是我最後一次看到老爺……」

幫傭充滿悲傷的聲音傳遍四周，客廳暫時籠罩寂靜。

「也就是說，高田朝子女士收拾餐具的晚間七點之後，就沒人看見庄三先生。可以這樣認定吧？」

嫌犯們面面相覷。到最後，沒人證實自己在晚間七點之後看見庄三。鵜飼露出暗藏玄機的表情點頭。「嗯，這樣啊……」

偵探的這種態度，引發圭介的不滿。

「偵探先生，這不重要吧？事件發生在凌晨零點半，既然戶村與小理目擊凶手，只有這個時間肯定沒錯，那麼趕快詢問大家在凌晨零點半的不在場證明不就好了？」

「那我請教圭介先生，你凌晨零點半在哪裡做什麼？」

「我？我和戶村一起喝酒，不知不覺就睡著了。沒有不在場證明。」

那就別這麼大言不慚吧？只會造成混淆……流平無言以對。

旁邊的鵜飼，繼續詢問其他嫌犯是否有不在場證明。

「哪位能提出自己凌晨零點半的不在場證明？」

眾人試探般面面相覷，但沒人舉手。

「偵探先生，不可能的。」開口的是輝夫。「在這個時間，家裡的人不是睡覺，就是獨自待在自己房間。我就在房間。內人在自己臥室就寢，所以沒人能相互作證。換句話說，我與內人都沒有不在場證明。」

輝夫的妻子花代，默默點頭附和這番話。

「我也是。我這時間已經在自己房間睡覺，沒有不在場證明。」和彥如此回應。「而且就算某人和某人一起在屋內某處，也不算不在場證明吧？因為包含幫傭朝子阿姨，我們就像是一家人。」

朝子低頭說聲「不敢當」，對和彥這番話表達謝意。既然高田朝子同樣沒有繼續多說什麼，她果然也沒有不在場證明。

看來所有人都沒有不在場證明。流平如此心想時，圭介舉手發言。

「不過，只有小理例外吧？小理和戶村在一起，而且目擊凶手，所以有不在場證明。對吧，戶村？」

「啊？」流平慢半拍回應。「啊，嗯，圭介說得沒錯……」

居然幫姪女繪理強調清白，西園寺圭介真是好人……流平並不是因此而感動到遲於回應，實際上相反。只要圭介稱呼她「小理」，流平總是有種背部發癢的突兀感。仔細想想，輝夫和前妻生下的繪理，和圭介沒有血緣關係，兩人在這方面是外人，這應該就是突兀感的真相。簡單來說，圭介將繪理視為「女性」看待。

而且流平忽然想到，繪理今晚之所以邀流平前往雀之森談事情，或許就是要談這種煩惱……

流平內心覺得不對勁，鵜飼則是無視他，繼續偵訊好一陣子。

4

在客廳偵訊結束時，天色已完全變亮。鵜飼與流平兩人帶著花代與繪理母女，前往西園寺家的別館。別館是西式平房，採取無障礙設計方便輪椅生活。鵜飼他們在花代的帶領之下，前往庄三的臥室。

臥室約五坪大，是寬敞的木質地板房間。顯眼的家具是大尺寸的床與小小的寫字桌，此外則是書櫃與小尺寸的薄型電視。如果只有這樣，這間臥室算是簡樸而且功能齊全，但是不經意看向牆壁，會發現早期富豪宅邸常有的「角很大的鹿頭標本」如同炫耀「這是我獵到的」高掛展示，所以很遺憾地，無法保證所有人在這裡都能安眠。不對，槍殺的鹿肯定會出現在夢中。

在臥室裡，鵜飼注意到書櫃上的立式相框。照片裡是一對男女恩愛地依偎微笑。男性是頭髮斑白的短髮紳士，體型不胖不瘦；女性是頭髮燙捲染成棕色，身穿紅色禮服的婦女。老實說，體型肥胖到形容成「豐滿」反而像是挖苦，禮服腰帶陷入肥肉。

鵜飼交互看著照片裡的婦女與眼前的花代，開口詢問：

「這位肥……很有分量的女性是？」

鵜飼千鈞一髮之際吞回禁句，花代開朗微笑回應。

「這是已故家母，西園寺昌代。」花代懷念地注視著照片。「旁邊是家父，如您所見是正常體型。我和母親比較像。」

「這就是不良於行之前的庄三先生啊。這張照片是什麼時候拍的？」

「家母過世已經十年，這應該是家母過世約一年前拍的。當時家母還沒坐輪椅過生活。」

「嗯？令堂也曾經不良於行？」

「是的。家母年僅五十五歲就過世，而且最後一年過著輪椅生活，原因在於腳踝的輕微骨折。不過母親當時體重約一百公斤，花了好長一段時間康復。輪椅也沒辦法用市售規格，非得特別訂製。」

「原來如此，真辛苦。」

「在這段時間，家母下半身衰弱，變得容易生病……最後罹患肺炎離世……」

花代以悲傷語氣，向站在旁邊的女兒述說，大概是以前的記憶復甦吧。

「繪理也記得昌代奶奶吧？體弱多病無法出門的奶奶，經常和妳到森林散步。」

「是的，我當然記得。我和奶奶的回憶，依然清楚留在我心底……」

「輪椅……輪椅……」鵜飼似乎對繪理述說的往事沒興趣，如同囈語般輕聲這麼說，最後忽然想到某件事抬起頭。「這麼說來，記得之前說過，庄三先生的輪椅扔在後門，方便讓我看一下嗎？」

回應鵜飼的要求，流平等人前往後門。這裡是西園寺家，即使是後門，也比普通住家的正門氣派許多。那臺輪椅倒在後門內側不遠處，剛好位於往內開的門板後方，相當不顯眼。輪椅正如字面所述橫倒在地，其中一邊車輪向上。

「嗯，完全是棄置的感覺。」鵜飼仔細觀察輪椅之後，向花代確認。「這臺輪椅是庄三先生平常使用的輪椅沒錯吧？」

「是的，那當然。請看扶手這個地方……」

「嗯？我看看。」鵜飼依照指示，將臉湊向輪椅。

「上頭有手垢痕跡吧？」花代指著變黑的部位。「肯定是家父的手垢！」

「這樣啊……」鵜飼一副無從辨識的樣子伸直腰桿。「哎，就當成這麼回事吧。總之，凶手從雀之森跑回來之後，將庄三先生的輪椅扔在這裡，然後趕回宅邸，一直等到流平與繪理小姐回來造成騷動，凶手才面不改色現身加入眾人討論……我大致能想像是這種過程。」

然後，鵜飼探頭到門外觀察周圍。眼前是茂密森林的景色，一條小徑穿越其中。是流平與繪理深夜並肩行走的那條步道。

「這條路就通往那座懸崖吧？」鵜飼說著朝門外踏出一步。「如果這是我所推測的命案，那座懸崖正是命案現場。既然這樣就得親眼看一次。」

鵜飼說得沒錯。而且流平自己即使在深夜看過懸崖一次，當時卻陰暗到只能依賴月光。在陽光普照的現在，或許會發現其他不同的線索。

流平跟著鵜飼走到門外，繪理也跟在流平身後。

只有花代表示要準備早餐而回到宅邸。無論命案發生與否，早餐都很重要，所以也不能阻止她。

鵜飼、流平、繪理三人沿著步道，走向命案現場的懸崖。

行走一陣子之後，步道旁邊出現地藏。深夜時分，從灌木叢後方探頭的流平，看見庄三與神祕人物連同輪椅經過，雙方就在這尊地藏前面交會。現在重新從灌木叢後方眺望步道，就覺得當時的光景歷歷在目。鵜飼也自行走到樹叢後方又蹲又站，試著體驗深夜發生的事。

「話說，雖然現在問這種事很奇怪……」鵜飼說著提出一個重要的問題。「流平與繪理小姐，在這裡看見坐輪椅的庄三先生，以及推輪椅的神祕男性。庄三先生當時真的活著嗎？應該不是已經遇害，成為冰冷的屍體吧？流平，這部分你覺得呢？」

「什麼嘛，原來是問這個，這部分沒有質疑的餘地。庄三先生當時確實活著。他左手穩穩握著手電筒照亮前方，右手也微微離開扶手。當時看不見臉，但上半身微微前傾，感覺穩穩看著前方，怎麼看都不像是死掉的人。對吧，繪理小姐？」

「嗯，是的。就我看來，確實和戶村先生說的一樣。」

「這樣啊。既然兩位這麼說，應該就沒錯。沒事，依照剛才在客廳的偵訊，沒人在昨晚七點以後看見庄三先生，所以我質疑庄三先生遇害的時間，或許比我們想像得早……不過看來是我想太多。」

鵜飼微微搖頭，再度在森林步道踏出腳步。

走沒多久，出現紅色鳥居的狐神像。鳥居旁邊有木製長椅，是流平與繪理在深夜聊到冷場的那張長椅。鵜飼這次也蹲到長椅後面，努力把握深夜的狀況。

「流平與繪理小姐躲在這張長椅後面，再度看見輪椅與神祕人物，但是當時沒人坐在輪椅上，只有神祕人物高速推著空輪椅前進。流平，是這樣沒錯吧？」

「對，確實是這樣。他轉眼經過我們面前。」

「確定那個人是男性無誤？」

「推輪椅的人嗎？對，是男性，看肩膀寬度與頭髮是如此。對吧，繪理小姐？」

繪理面對流平的徵詢，思索片刻之後確實點頭。

「是的。對方轉眼跑走，所以沒能認出長相，但體格確實是男性沒錯。」

「這樣啊。那麼推輪椅的是男性……」

鵜飼點頭回應，從紅色鳥居處看向步道前方。「接下來終於來到那座懸崖了。立刻去看看吧，凶手或許留下天大的線索。」

鵜飼說出期待，帶頭前進。流平與繪理也緊跟在後。

三人終於穿越森林，抵達海風吹拂的懸崖上。這裡是沒有圍欄或扶手，約五坪大的空間。豎立在懸崖角落的小立牌，深夜時看不見上面的文字，但現在看得見上面寫著『別衝動，打消念頭吧』等文字，簡單來說，是勸阻自殺用的訊息。懸崖另一頭則是一望無際的水平線。

鵜飼與流平踏入這個如同懸空的空間瞬間，臉色大變。

鵜飼不自然地屈身，儘可能壓低重心，出言叮嚀流平。

「流平，小心點，千萬別做危險的舉動，禁止忽然惡作劇從後面大喊。聽好了，千萬不可以，摔下去可不是鬧著玩的。」

另一方面，流平也雙手撐地囑咐鵜飼。

「我才要說，請鵜飼先生別亂來，不要動用師父的權限，說什麼『流平，從懸崖旁邊往遠方看看，說不定會發現某些東西』之類的奇怪命令，我絕對不會聽命。」

「聽好了，千萬別做危險的舉動！」鵜飼重心壓得更低。

「知道吧，請絕對別亂來！」流平雙手撐地。

兩人的位置距離懸崖邊緣很遠，絕對安全，卻不知何時完全貼地。只有繪理正常站在如同匍匐毛蟲的兩人身旁。

「請問……兩位在做什麼？」

「危、危險啊，繪理小姐！」流平趴著警告。「這位鵜飼先生很容易遇到危險。至今他好幾次摔下階梯或陡坡，還出過車禍。貿然接近會遭殃喔！」

「胡扯。我才要說我老是被你們波及，吃盡苦頭！」鵜飼朝海面不滿大喊之後，轉為像是安撫自己般說下去。「不過，不要緊，無須擔心。在兩小時的推理連續劇，偵探即使在懸崖上解謎，也絕對不會摔下去。偵探與懸崖原本就是這種關係。」

「原來如此，我確實沒看過偵探摔落懸崖。」

鵜飼與流平嘴裡這麼說，卻完全不改趴著的姿勢。他們絞盡勇氣，匍匐前進到懸崖邊緣。

「嗯，凶手大概是從這裡將庄三先生扔進海裡。不良於行的庄三先生無法站穩，只能摔落懸崖。」

鵜飼的話語激發討厭的想像，流平不禁顫抖。

「可是，鵜飼先生，凶手為什麼選擇這麼殘忍的手段，將庄三先生扔進海裡？即使要殺他，也有更溫和的做法吧？例如拿刀刺，或是拿鐵棍打……」

「這哪叫溫和的做法？」鵜飼犀利指摘流平的矛盾，提出自己的見解。「凶手為什麼要將庄三先生扔進海裡？這可能基於幾個理由。我想想……首先，庄三先生不良於行，扔進海裡可以輕易又確實地殺死他，而且不用看見血與屍體，對心理衛生比較好。最重要的是，落海的屍體不會輕易被發現，或許得花好幾天，這麼一來也很難從屍體狀況推測正確的死亡時間，這樣斷然對凶手有利。大概是這樣吧……」

「啊啊，說得也是。」流平率直同意鵜飼的見解。「凶手似乎不是要偽裝成意外或自殺……對喔，是要讓屍體晚點被發現……」

流平姑且算是偵探，多少讀過法醫學。屍斑在死後半小時至三小時出現；如果屍體眼睛睜著，角膜在死後兩小時混濁；僵直現象出現在死後兩、三個小時，於死後十二小時達到巔峰……他閱讀厚重專業書籍之後，勉強留在腦中的就是這些內容。但是這些知識是在有屍體的狀況才管用，依照常識，屍體越晚被發現，對凶手越有利。

「也就是說，凶手的期望完全落空。我們目擊凶手將庄三先生扔進海裡前後的樣子，即使沒有屍體，行凶時間也顯而易見……咦？鵜飼先生，怎麼了？」

流平對身旁的光景愕然。直到剛才像是蜘蛛趴在地面的鵜飼，不知道想到什麼事情忽然起身，無視於啞口無言的流平，蹣跚走向崖邊。

「等、等一下，鵜飼先生，你、你在做什麼，喂，看前面啊！斷崖！斷崖！」

流平不由得跪起身體提醒鵜飼，卻還是沒跑向鵜飼，因為他不想遭殃。幸好鵜飼大概是聽見流平的提醒，沿著立牌繞一圈之後又走回來。流平鬆了口氣。然而鵜飼看都不看流平一眼，雙手抱胸經過他的身旁，就這麼沿著原路進入雀之森。

「鵜飼先生怪怪的，他怎麼了？」

「他一旦專注推理，有時候會不看路到處亂走。他或許掌握到破案線索，我們默默跟他走吧。」

流平與繪理一邊注意別妨礙鵜飼推理，一邊跟著他走。鵜飼如同夢遊般，搖搖晃晃走在步道，抵達狐神那裡時，他就這麼筆直走向紅色鳥居。危險！流平出聲提醒前，鵜飼就輕盈鑽過鳥居，流平與繪理鬆了口氣。但鵜飼當著他們的面，狠狠撞上神社前面的狐神像，狐神長長的鼻子戳中額頭，鵜飼才終於像是清醒般慘叫跌倒。

緊接著，鵜飼充滿喜悅的聲音響遍雀之森。

「原來如此！我懂了！原來是這麼回事！」

流平立刻跑到鵜飼身旁，看著額頭受傷的鵜飼嘆氣。「真是的，你推理的時候為什麼不能好好看路？」

但鵜飼搖晃起身，回應「我沒事，不用擔心」搖晃單手，接著朝流平投以失焦視線，像是實驗成功的瘋狂科學家露出笑容。「流平，開心一下吧，我終於知道了！」

「咦，知道什麼？」
「知道你深夜所見，推輪椅的神祕男性究竟是誰。但在詳細說明之前，我要問那個女生一個問題。她在哪裡？」
「你是說繪理小姐吧？她就在那裡……」
流平指著佇立在後方的繪理。「啊，原來在那裡。」鵜飼露出高興的微笑，大步走到繪理面前，並且向她確認。
「繪理小姐，殺害庄三先生的人，該不會是妳吧？」
「？」
鵜飼這番話令人意外，繪理的反應也完全超乎預料。鵜飼剛問完，繪理的右拳就正面打向鵜飼的腹部，如同以這拳代替回答。
鵜飼發出只能寫成「唔咕嗚喔！」的奇妙呻吟，腿軟跪下。
「鵜飼先生！」驚訝的流平，挨了繪理翻身施展的上段踢。「滋噗！」
這一切都在瞬間發生。按著腹部的鵜飼與摀住下巴的流平，像是對折般倒在紅色鳥居前面，西園寺繪理在兩人面前翻裙轉身。
「對、對不起～！」
她大聲道歉之後，飛也似地沿著步道跑走。

5

經過衝擊的正拳與戰慄的上段踢約一分鐘後，案件忽然進入最高潮。

舞臺果然是懸崖上。

繪理走投無路站在崖邊，以小刀抵住自己的頸子。

「別過來！再過來我就割喉跳海！」

另一方面，追著她來到懸崖的鵜飼與流平束手無策。害怕懸崖的鵜飼身體前傾完全彎腰，流平也按著被踢的下巴，光是在遠處大喊就沒有餘力。

「呃是噁哦為事，欽理舀也，以恩的阿要汪三先恩？」

鵜飼幫下巴疼痛的流平翻譯。

「『這是怎麼回事，繪理小姐，妳真的殺掉庄三先生？』流平是這麼問的。繪理小姐，實際上呢？」

繪理放聲回答，手上的刀子前端微微顫抖。

「對，我殺了爺爺。我以前就隱約覺得，爺爺看我的眼神很下流。昨天中午，我送午餐到爺爺別館的時候，爺爺忽然摸我的屁股，我因而怒火中燒，不禁就……」

「正拳？還是上段踢？」

「不是啦，笨蛋！就只是推開而已。但他坐輪椅，所以就這麼迅速後退，用力撞上牆壁。」

「只有這樣？他光是這樣就死掉？」

「不是。撞到牆壁的衝擊，導致鹿……鹿……」

「鹿？」鵜飼回想起某件事打響手指。「原來如此，牆上的鹿頭標本掉下來，鹿角正中庄三先生的頭，是這樣吧？」

西園寺繪理含淚點頭。「偵探先生說得沒錯，是我殺的……」

一旁聆聽的流平，完全聽不懂兩人的對話。昨天中午？鹿頭標本？怎麼回事？命案不是發生在深夜的懸崖上？

鵜飼無視沒能完全掌握真相的流平，拚命大喊想救回站在鬼門關的少女。

「我明白了，但這不是妳的罪過，是庄三先生的錯。忽然想吃豆腐的色老頭才有罪，對吧？」

「不對！」繪理激動搖頭。「死去的爺爺手上，有一隻死掉的蒼蠅。爺爺是要打死停在我屁股上的蒼蠅，是我誤會了……」

「咦，原來是這樣？那就更加悲劇了……」鵜飼仰望天空。「不過，妳肯定沒有殺機。對，這是意外，只是運氣不好的意外湊巧重合，造成這場意外。」

「你、你真的這麼認為？偵探先生，我真的能認定這是意外嗎……？」

繪理握刀的手放鬆，像是找到一絲希望。鵜飼加把勁繼續說服。

「對，無疑是意外。對，是鹿的錯，是牆壁上那顆鹿頭的錯。都是因為有人把品味那麼差的東西掛在那種地方。真是的，是誰把那種東西掛在那裡啊！」

這一瞬間，繪理臉上充滿絕望神色，握刀的手再度用力。

「是我，就是我掛的！那是我以前送爺爺的禮物！」

「咦，是、是這樣啊……」鵜飼垂頭喪氣，遺憾至極般握拳敲打膝蓋。「可惡，為什麼是鹿，如果是馬……」

慢著，應該不是這種問題。流平也很清楚這一點。

此時，繪理如同向兩人道別，輕聲說「對不起」之後，放下抵在頸子的刀，接著轉身面向懸崖下方的遼闊大海。

不妙！她真的想跳海！

流平不顧一切往前跑，一鼓作氣接近到正要跳崖的繪理身後。流平朝她的手臂伸出右手，但指尖沒抓到任何東西。糟了，沒想到撲了個空！在心想萬事休矣的這一瞬間，某人衝到兩人之間。是鵜飼。鵜飼右手抓住流平沒抓到的繪理，繪理重心移向海面，但身體還是勉強留在崖邊。

「流平，別放棄！不能讓她死！」

「鵜飼先生！」

流平大為感動。鵜飼無法坐視這個危機，即使害怕懸崖依然鼓起勇氣，衝過來拯救繪理與流平脫離困境。名偵探，謝謝你！不愧是我認定為師父的人！流平在心中讚譽有加。

但是沒多久，踩穩雙腳的鵜飼，當著流平的面……打滑了！

鵜飼連忙伸出左手，抓住流平的右手。流平也尋找能抓的東西，伸出左手緊抓住眼前立牌的支柱。下一瞬間，重心幾乎位於海面的繪理終於腳離懸崖，完全是懸空狀態。即使如此，鵜飼還是沒放開繪理，因此鵜飼身體也有一半位於懸崖外側。

這導致流平身體處於天大的狀態。他右手是繪理與鵜飼兩人份的重量，左手抓著立牌支柱，雙手如同緊繃的繩索左右拉直，隨時可能斷掉，簡直是江戶時代的拷問。

「鵜、鵜飼先生，不行！不可能！手要斷了！立牌要斷了！」

「流平，別放棄！不能讓她死！」

只是你自己不想死吧？就算說出和剛才相同的話，我也毫不感動！

但流平已經無暇抱怨鵜飼。他夾在痛楚與恐怖之間，陷入不明就裡的混亂。

「手要斷了！立牌要斷了！手要斷了！立牌要斷了！手要斷了！立牌要斷了！手要斷了！立牌……」啪嘰！

咦？剛才那是手斷掉的聲音？不，不對，那是立牌……

「斷了啊啊啊啊啊啊～～！」

流平與鵜飼失去唯一的支柱，兩具身體在懸空的繪理拉扯之下，一鼓作氣甩到崖外，浮在空中的三具身體糾纏在一起，頭下腳上墜入正下方的大海。

最後，海面激起三根水柱。

6

墜落數秒後，鵜飼與流平幾乎同時浮出海面，以相似動作確認雙手還在。流平確認雙手都和身體連結之後鬆了口氣，接著挖苦漂浮在海面的鵜飼。

「剛才是誰大發豪語，宣稱偵探不會墜崖？」

「那我更正吧。偵探會墜崖，但墜崖也不會死！」

確實沒死。「話說回來，繪理小姐呢？」

流平連忙環視，發現旁邊有個紅色開襟上衣的影子浮在海面。是西園寺繪理。流平從後方抱起癱軟像是斷氣的她，鵜飼毫不客氣將耳朵貼在少女的左胸。

「放心，只是昏迷。」

「太好了。」流平在放心的同時，湧現一個疑問。「可是，為什麼？為什麼我們三人墜崖都撿回一條命？」

「天曉得。話說回來，你左手握的是什麼護身符嗎？」

流平聽他這麼說，首度發現左手拿著物體。是支柱斷掉的立牌。

「嗯？」此時，流平首度唸出立牌全文。「我看看……『別衝動，打消念頭吧，這座斷崖要用來自殺太低了』……可惡！難怪撿回一條命！」

流平氣沖沖地扔掉立牌，鵜飼咧嘴一笑。

「總之，在這裡漂浮也沒用。」鵜飼指著遠方海岸大喊。「看，那邊有沙灘。流平，你背著她全力游上岸，我將努力為你奮鬥的身影加油打氣。」

「用不著加油打氣，請來幫我啦！」

經過一段時間之後——

流平與鵜飼一起坐在沙灘，注視小小的火光。西園寺繪理依然在火堆旁邊昏迷不醒。流平他們在等待救援。他們抵達的沙灘位於懸崖下方，沒有路通往懸崖上方。幸好繪理的手機防水，才得以聯絡花代，但似乎還要一段時間才等得到救援。

「鵜飼先生，既然閒著沒事，可以請你解說案件嗎？」

「閒著沒事是怎樣！這是華生要求名偵探解開案件之謎的態度嗎？」

流平內心覺得很麻煩，但還是率直低頭。

「鵜飼先生，拜託你。繪理小姐為什麼是凶手？我與繪理小姐深夜看見的光景，究竟是怎麼回事？請用我也聽得懂的方式說明吧。」

「好吧，聽清楚了。」鵜飼心情立刻轉好，開始說明。「其實，我推理的契機來自你的話語。你在斷崖上面問我，凶手採取的手段，為什麼是將庄三先生扔進海裡。我試著列出幾個可能的理由，例如這麼做簡單又確實，或是能讓屍體晚點被人發現。不過老實說，我無法接受這種答案，最令我接受的答案，反倒是你的低語。對，就是為了偽裝成意外或自殺。從斷崖將想殺的對象推到海裡，大多是為了偽裝成意外或自殺。流平，你說對吧？」

「這種案例確實很多，但這次不是。」

「沒錯，本次案件看起來不是意外或自殺。為什麼？原因在於流平你與繪理小姐等目擊者的證詞。雖然確實包含這個要素，但這不是最根本的問題，問題在於輪椅。如果庄三先生的死是意外或自殺，他的輪椅非得留在斷崖上，或是一起落進海裡，實際上卻不是這樣，他的輪椅扔在住家後門，因此可以導出結論，這不是意外或自殺，而是某人犯下的命案。接著就會產生下個疑問：凶手為什麼沒把輪椅留在斷崖上？」

「唔！聽你這麼說，確實有道理。」鵜飼的指摘令流平恍然大悟。「我們深夜目擊的凶手，以輪椅載著庄三先生到斷崖，數分鐘後推著空輪椅逃走。但如果要偽裝成意外或自殺，將輪椅留在斷崖確實比較好。凶手為什麼要將用完的輪椅推回來……」

「反過來想，必須推測凶手基於某種原因。不能將輪椅留在斷崖。所以是什麼原因？」鵜飼豎起食指繼續推理。「假設那臺輪椅真的是庄三先生愛用的輪椅，在這種狀況，凶手果然會將輪椅留在斷崖吧？因為這麼做對凶手有利。凶手沒這麼做，或許是因為那臺輪椅不是庄三先生愛用的輪椅。」

「不是庄三先生的輪椅，而是另一臺輪椅嗎？這麼說來，花代女士的母親昌代女士，在過世前一年也不良於行。對喔，所以西園寺家還有一臺輪椅！」

「對，就是這樣。」鵜飼食指往前，彷彿要刺穿流平的話語。「如果在暗處只看輪廓，輪椅看起來大同小異，所以你難免沒察覺。但是實際上，你深夜目擊的輪椅不是庄三先生的，是昌代女士的輪椅。」

「可是，凶手為什麼要用昌代女士的輪椅運送庄三先生？」

「因為那臺輪椅很特別。昌代女士是體重破百的臃腫女性，花大夫人不就說那是『特製』輪椅嗎？」

「嗯，所以輪椅也比較大。這又怎麼了？」

「不，大小無所謂，花代夫人說的那番話才值得注意。記得她說過，昌代女士和繪理小姐感情很好，兩人經常到森林散步。注意，昌代女士是十年前過世，繪理小姐當時還是九歲女孩。你能想像九歲的弱女子，輕鬆推著體重破百的女性，在森林裡快樂散步嗎？不可能，女孩會筋疲力盡。」

「說得也是。所以那臺特製的輪椅是……」

「對，肯定是搭載強力馬達，可以載著體重破百女性輕鬆移動的電動輪椅。凶手以沉眠在宅邸倉庫某處的這臺特製輪椅犯案，所以不能將輪椅留在斷崖上。」

不過，鵜飼述說推理到這裡時，流平有點無法接受。

「唔～該怎麼說，我想不通。假設那臺輪椅是昌代女士的輪椅，庄三先生坐在已故妻子的輪椅都不會質疑嗎？凶手用什麼說法讓庄三先生認同？到頭來，凶手為什麼要刻意使用電動輪椅？不能用庄三先生使用的普通輪椅嗎？」

「真是的，看來你還不懂。」鵜飼聽到流平提問，刻意聳肩露出失望的樣子，接著反過來詢問：「你也在街上看過電動輪椅吧？那是怎麼操作的？對，是坐輪椅的人以手邊搖桿操作。那麼昌代女士的輪椅肯定也一樣，操作輪椅的是坐輪椅的人。」

「唔，什麼意思？」

「聽好了，你將深夜目擊的光景，解釋成『庄三先生坐在輪椅上，後方的神祕男性推著他前往斷崖』，換言之『坐輪椅的是受害者，推輪椅的是凶手』。但你錯了。實際用來犯罪的是電動輪椅，既然這樣，操作電動輪椅前往斷崖的，是坐輪椅的人。你明白其中的意思嗎？」

「咦，所以，換句話說……」

「對，坐輪椅的才是凶手！」

鵜飼出乎意料的話語，大幅撼動流平至今相信的事物。

「怎、怎麼可能！坐在輪椅上的肯定是庄三先生！」

「你清楚看見坐輪椅的人長什麼樣子嗎？不，肯定沒看見。你自己不就說過？」

流平確實沒清楚看見輪椅上的人，也沒對鵜飼說過自己看見那個人的臉。原來坐輪椅的不是庄三……

「既然這樣，庄三先生在哪裡？」

「既然前面的人是凶手，後面的人當然就是受害者。對，位於輪椅後方的神祕男性，正是西園寺庄三。」

流平終究無法認同鵜飼的推理。

「怎麼可能，這種事太離譜了。庄三先生不良於行，要怎麼站在輪椅後面走？」

「不，庄三先生沒站著，也沒走，只是看起來像是那樣罷了。庄三先生只是以身體挺直的狀態，固定在輪椅的椅背，當時的庄三先生當然已經死亡。」

「你說什麼？他已經死亡……所以那是屍體？」

流平腦中清晰重現深夜看見的男性背影。在流平眼中，推著輪椅前往斷崖的那個背影，是肩膀寬大的男性，但他再怎麼回想，都不記得那個人的雙腳動作。流平只從灌木叢探出上半張臉，男性下半身位於目光死角。

「原來如此，那是屍體啊……不是他推動輪椅，是輪椅帶著他走……」

流平面對接踵而來的意外事實而愕然，鵜飼無視他，以平淡語氣繼續推理。

「凶手以繩索之類的東西，將庄三先生的屍體固定在輪椅椅背。這樣形容似乎是很困難的工作，但實際上只要將屍體綁在輪椅椅背，再將屍體豎立起來就好，所以並不是辦不到。凶手布局完成之後，自己坐上電動輪椅，操作輪椅進入森林前往斷崖。你與繪理小姐在地藏旁邊目擊這一幕，但你先入為主認為『坐輪椅的是庄三先生』，擅自認定輪椅上的人是庄三先生，又基於『不良於行的庄三先生不可能站著行走』，認定輪椅後方的人，是不同於庄三先生的神祕男性。實際上，你看見的高大短髮男性背影，是庄三先生屍體的背影。」

「…………」流平如今只能默默點頭同意。

「好啦，你聽我說到這裡，肯定覺得某個地方不對勁……」鵜飼看著失去鬥志的流平側臉，無可奈何般嘆息。「看來你完全沒發現哪裡不對勁。仔細想想吧，不覺得這樣很奇妙嗎？」

「當然奇妙。將屍體綁在輪椅上，這種事當然奇妙。」

「我不是這個意思。聽好了，假設屍體綁在輪椅椅背，當時屍體看起來像是以自己的意志站得筆直……真的有這種事嗎？如果有，你覺得屍體當時是何種狀態？」

此時，流平腦中浮現四個字。

「難道是死後僵直？庄三先生的屍體，因為死後僵直變得硬邦邦？」

「對，死後僵直。這正是我對你剛才那個問題的回覆。兇手為什麼刻意使用電動輪椅？因為屍體產生死後僵直現象，筆直僵硬得像是一根棒子。如果沒有死後僵直現象，就可以將屍體放在普通的輪椅搬運，但屍體硬邦邦的，兇手才會選擇古怪手段，將屍體綁在電動輪椅椅背搬運。」鵜飼說明到這裡，再度看向流平。「好啦，要是至今的推理正確，我們就非得從頭修正我們對這個案件的認知。我們至今認為這個命案發生在凌晨零點半。你以為自己目擊到庄三先生被扔進海裡喪生前後的光景。但實際上並非如此。屍體因為死後僵直而變硬，也就是死後僵直現象達到巔峰，已經死亡十二小時。逆向推算就知道，庄三先生是在昨天中午十二點半左右死亡，所以庄三先生遇害不是深夜發生的事，是昨天中午發生的事。」

居然是這樣。正如鵜飼所說，案件從一開始就和想像的不同。

「關於神祕男性的真面目，我們將西園寺家三名男性列為嫌犯，也就是輝夫、和彥與圭介三人。但要是行凶時間在昨天中午，狀況就不一樣。昨天中午，輝夫與和彥和客戶打高爾夫球，應該不可能中途溜出來回到宅邸。另一方面，圭介和你從早上一起拍業餘電影，製片、導演、編劇、主角一手包辦的圭介，同樣無法離開拍片現場。由此推測就知道，原本有嫌疑的三名男性其實全都清白。」

「反過來看，有嫌疑的是三名女性。」

「嗯。花代夫人、繪理小姐，以及幫傭高田朝子，這三人有嫌疑。這樣就可以確定是誰明顯說謊吧？對，就是高田朝子。她說她昨天傍晚送晚餐到庄三先生的別館，還作證庄三先生當時沒什麼問題。然而不可能是這樣。庄三先生已經在白天死亡，傍晚進入死後僵直時期，說他沒什麼問題是天大的謊言。」

「高田朝子為什麼要說這種謊？」

「高田朝子恐怕是在送晚餐去別館時，發現庄三先生的屍體。但她沒將這件事公諸於世。接下來是我的推測，發現庄三先生屍體的高田朝子，肯定足以想像凶手是西園寺家的某人，但高田朝子忠心服侍西園寺家，認為家裡不能出現殺人凶手，因此自告奮勇處理屍體。只要偽裝成庄三先生不小心從斷崖落海，就可以保住西園寺家的威信，要偽裝必須在深夜進行，到時候死後僵硬的現象應該更加明顯。因此高田朝子從倉庫找出昌代女士的輪椅充電，以便在深夜搬運屍體。」

「那麼，深夜坐在輪椅搬運屍體的人，就是高田朝子吧？」
「嗯，即使從體格考量也應該沒錯。因為在嫌犯之中，高田朝子是最瘦的人，她與庄三先生的體重加起來，最多應該也只有一百公斤左右，這樣的話，昌代女士的輪椅可以輕鬆載運兩人。」
「對喔，反過來說，如果是花代女士或其他男性就很勉強。因為加上庄三先生之後，體重隨便都超過一百公斤。」
「對。綜合上述推論，在你們面前經過地藏的輪椅，肯定坐著高田朝子，椅背還綁著庄三先生的屍體。操作輪椅經過你們面前的高田朝子，很快就抵達斷崖，她解開綁在椅背的屍體，從斷崖推到海裡，接著以自己的力量，推著空輪椅快步逃回宅邸。你與繪理小姐這次在狐神旁邊目擊這一幕，這時候的你已經先入為主認定『推輪椅的人是神祕男性』，所以推輪椅的高田朝子在你眼中也像是男性。不對，正確來說，你當時只注意到空輪椅，幾乎沒看到推輪椅的高田朝子。沒錯吧？」
「這麼說來，我好像一直只注意到空輪椅。」
「肯定是這樣。後來，高田朝子回到宅邸，將電動輪椅放回原位，但事情還沒結束，她這次推著庄三先生真正在用的輪椅，試圖從後門外出，想將庄三先生的輪椅擺在斷崖上偽裝成意外，這是高田朝子原本的目的。但這個布局被迫中斷，因為你們回家告知森林發生的事，在屋內造成大騷動。」

「所以庄三先生的輪椅，才會不上不下地扔在後門附近吧？」

「就是這麼回事。」說完整套推論的鵜飼滿意點頭。「所以，你應該能認同高田朝子是拋棄庄三先生屍體的凶手。不過這麼一來，又出現一個新的疑問吧？」

「什麼疑問？」

「你其實沒清楚看見推著空輪椅的高田朝子，這部分沒問題。但在另一方面，某人證實推著空輪椅離開的人，從體格看來肯定是男性。作證的是誰？」

「原來如此，是繪理小姐！」

不久之前，鵜飼在紅色鳥居前面提問時，繪理確實如此作證。

鵜飼緩緩點頭，注視依然在火堆旁邊沉眠的繪理。

「我們應該如何解釋她那段證詞？應該當成單純的誤認而帶過？不過，她看到瘦小幫傭的身影，卻斷言『體格確實是男性沒錯』，這不只是誤認的程度，她明顯在作證時故意說謊，這是順著流平誤解進行的偽證。你覺得她為何這樣說謊？為了庇護共犯？還是因為她自己也做了虧心事？」

「…………」

「我在這時候回想起來，她原本想在深夜森林裡，對你說出一個祕密。她想說什麼祕密？為什麼至今沒說出來？」

「那、那麼，繪理小姐當時找我是為了……對喔，原來如此！」

流平如今總算懂了。繪理在深夜邀請流平進入森林要說的祕密，就是她白天犯下的罪。但流平卻誤會她的用意，滿腦子只想將她占為己有，沒能聽她訴說。兩人在拖拖拉拉的時候，遇上事後的共犯高田朝子。不曉得繪理看見這幅光景時，正確理解狀況到何種程度，但至少肯定比流平清楚。實際上，她當時就在流平身旁清楚大叫「爺爺！」。因為她清楚看見庄三的屍體站在輪椅後面。

後來，繪理明白某人想代替她處理屍體，因而放棄說出祕密。這就是深夜在雀之森發生的一切。

「繪理小姐今後會怎麼樣？」

「花代夫人說過要讓凶手自首，以她的個性應該是說到做到。我想繪理小姐會自首，那位幫傭當然也一樣。不過，在這之前……」

鵜飼從沙灘起身，舉手放在雙眼上方看向近海。

「救兵必須先來協助我們平安脫困，否則一切免談。」

「這麼說來，一直沒人來耶。總覺得開始漲潮了。」

「嗯，要是就這樣滿潮，這塊小沙灘肯定沉入海底。」

開什麼玩笑，溼透的身體總算快要乾掉啊！

「咦？」此時，鵜飼意外輕呼。「流平，你看那邊，隨波逐流的那個。」

流平依照指示，看向鵜飼所指的方向。波濤起伏的海面，確實有個奇妙的東西若隱若現，這個漂流物像是受到漲潮水流的推動，逐漸接近沙灘。流平專注凝視，鵜飼也靜觀其變。

不久，海浪終於將漂流物沖到他們所在的沙灘。鵜飼近距離確認這個登陸物體之後，滿意地大幅點頭。

「嗯，這麼一來，本次案件也完全落幕。能發現真是太好了。」

鵜飼表情輕鬆，一副放下肩頭重擔的樣子。流平抱持著偶然發現失物的驚訝心情注視。

那是深夜從懸崖落下，相隔一晚總算上岸，西園寺庄三的遺骸。

寶石小偷與母親的悲傷

1

這是美麗的紅水，玻璃杯裡的紅水。在上方水晶吊燈閃爍燈光照耀之下，散發如同紅寶石的光輝。坐在沙發上的我，暫時為這鮮豔的色彩著迷。坐在旁邊的年輕男性溝口勇作察覺到我的樣子，將手上的玻璃杯遞到我面前，以惺忪的語氣詢問。

「哎呀，你也想喝？好，可以喔，喝喝看吧，很好喝。」

真的好喝？我戰戰兢兢將臉湊向杯子。紅水散發像是葡萄的成熟水果酸甜香味。依照我的經驗，漂亮又芳香的食物都很美味。我毫不猶豫叼起遞到面前的杯子，以舌尖稍微舔舐不明紅水。好喝，不是毒。後來我放心地一口口飲用紅水。

「喔，看來這傢伙挺能喝的。」溝口勇作見狀睜大雙眼。「好，不錯，多喝點吧。」

接著，至今位於廚房的媽媽，臉色大變來到我身旁。

「喔，恐怖的媽媽登場了，撤退撤退。」

溝口從我嘴邊拿走杯子，一副不管後果的樣子獨自離開客廳。媽媽狠狠瞪向溝口背影，接著轉頭看我，咄咄逼人地責備。

「綠綠，你在做什麼！不能喝那種東西吧！」

綠綠是我的名字。屋子裡的人都這樣叫我。

「不行嗎？明明很好喝……」
「就算好喝，不行就是不行。那叫做葡萄酒，孩子不能喝。」
「那麼，長大就可以喝？」
「長大也不可以喝。在這間屋子裡，只有老爺他們以及訪客能喝葡萄酒。媽媽在這間屋子受到照顧這麼久，也從來沒喝過葡萄酒。」
媽媽說的「老爺他們」，指的是住在這間屋子的花見小路家成員。這麼說來，老爺與楓小姐用餐之後，會拿著裝有美麗紅水的杯子愉快聊天，我印象中看過很多次。原來如此，那種飲料叫做葡萄酒。我又上了一課。
「媽媽，我知道了。狗不能喝葡萄酒對吧？」
「綠綠，那當然。」媽媽大幅搖晃自豪的尾巴代替點頭。「媽媽沒聽過會喝葡萄酒的狗。」
媽媽叫做小桃，是長年住在花見小路家的米格魯犬，但媽媽絕對不是寵物，是獵犬，所以老爺外出打獵總是帶著媽媽。我也希望總有一天成為出色的獵犬，和媽媽一起外出打獵。但我現在還是孩子，總是留下來看家。
「好了，綠綠也上床休息吧，媽媽晚點也會過去。」
我在媽媽催促之下，獨自走到屋外。在這個嚴冬時期，寒風吹拂的夜晚庭院冰冷刺骨，我卻不知為何身體越走越熱，意識朦朧，雙腿發軟無法筆直行走。原來如此，媽媽說得沒錯，我不應該喝葡萄酒。啊啊，開始睏了……我走得到狗屋嗎……

我與媽媽睡覺的狗屋，位於宅邸寬敞庭院的一角。總算抵達狗屋的我撲進去，就這麼窩進裡面的被子。

「呀！」此時，躲在被子角落的她尖叫抬頭。「什麼嘛，是綠綠？別嚇我啦。」

我差點忘了，她是一起住在狗屋的小愛，我的女朋友。

「她是新朋友，要和樂相處喔！」大約一個月前，楓小姐說出這番話，首度帶小愛來到我面前。我對她的第一印象，是白色、內向的可愛女生。但一起生活沒多久，我就察覺第一印象是錯的。

「綠綠，你的身體好像有怪味，怎麼回事？」

小愛這個女生，面不改色就敢說出這種話。她將臉湊到我旁邊聞味道，接著發出「嗚」的呻吟，縮到狗屋角落。

「我知道了，你喝酒對吧？」

「不是酒，是葡萄酒。」

「葡萄酒就是酒！」

「啊，原來如此。」我又上了一課。「小愛真是博學多聞。不過這種事不重要。

我睏得不得了。啊啊，大腦昏昏沉沉的，身體好熱……」

「天氣別說熱，甚至可能冷到感冒，今晚好像特別冷。」

小愛嬌小的身軀微微顫抖。

我裹在被子裡閉上眼睛。意識立刻遠離，甚至聽不見小愛說話。不久，我感覺媽媽回到狗屋，卻不清楚是幾點的事。畢竟我模模糊糊半睡半醒，何況狗屋沒時鐘。

2

第二天早上，我醒來之後，身體出現好多異狀。頭痛、胸悶、腹脹，還作嘔……

「因為你昨晚喝酒。」一起醒來的小愛這麼說。

「或許吧。那我眼睛刺刺的，庭院看起來是純白色，也是因為喝酒？」

「不。」媽媽看著狗屋外面回應。「是因為昨晚下的雪。」

「哇，這都是雪啊……」

我也知道雪是什麼，卻第一次看見這麼多雪。宅邸庭院整面鋪滿雪。我莫名亢奮起來，和小愛衝出狗屋。我忘記頭痛與胸悶到處跑，媽媽也和我快樂嬉戲，好難得。

我們玩雪玩到忘記時間時，一輛車開進宅邸。是沒看過的藍色車子。這輛車停在宅邸停車場，兩名男性下車。一人是西裝加大衣的男性，另一人是白色羽絨外套加牛仔褲的青年。兩人走向花見小路家的玄關並且交談。

「喔，原來花見小路一馬先生在學校當老師。什麼嘛，姓氏這麼氣派，我還以為是貴族。沒想到是鵜飼先生高中時代的恩師……」

「流平，這時代沒貴族喔。不過花見小路家代代擔任私立花見小路學園的校長，肯定是名門。花見小路一馬老師在我學生時代擔任老師，但後來也成為校長。看，這宅邸很氣派吧？庭院也大到誇張。哇，還有寵物狗。」

不是寵物，是獵犬啦！我瞪向兩名陌生男性。

「不像是寶石小偷昨晚光顧的住家。」名為流平的牛仔褲青年低語。「好和平，也沒警察。」

「但寶石小偷確實來過。話說回來，花見小路一馬這個人，居然拿窮人付的昂貴學費買高價寶石，哪能為人師表？真想對他說聲活該。」

「不可以講這種話吧？他是難得的委託人。」

「我當然不會說。我好歹具備這種常識，會看場面說話。」

名為鵜飼的西裝男性站在玄關門口，緩緩按下門鈴。玄關門立刻開啟，出現一位步入老年的男性。「花見小路老師，好久不見！」鵜飼如同西方人，誇張地張開雙手抱住對方，聲音感動到顫抖。「您這次真是遭遇天大的案件，我鵜飼立刻放下手邊工作趕來了。」

「那個，在下是這裡的司機，敝姓小松……」

「啊，你好。」鵜飼迅速放手，若無其事看著對方。「嗯，小松先生啊。難怪覺得你看起來不令我懷念。」

「應該是初次見面。兩位是鵜飼偵探事務所的人吧？恭候大駕很久了，請進。」

「那麼，打擾了。」

鵜飼毫不愧疚挺起胸膛，帶著名為流平的青年進入宅邸。我與小愛轉頭相視。

「那個人是怎樣，好奇怪！」

「嗯，總覺得怪怪的。而且他們好像提到寶石小偷之類的。」

接著，媽媽在我們身後，吐著白色的氣息擔心開口。

「屋子似乎出事了。那個人是偵探。偵探擁有特殊能力，受雇解決疑難案件。」

「那個人有特殊能力？看起來不像。」

「是啊……不過，總之有點在意。我們也去看看吧？」

媽媽說完走向玄關門，跳起來抓住門把俐落開門。這是住在宅邸很久的媽媽最擅長的技巧。我們三個一起進入宅邸。在寬敞的玄關門廳，那個偵探再度在老爺面前張開雙手，以顫抖的聲音開口。

「老師，好久不見，您這次真是遭遇天大的案件……」

老爺結束感動的重逢之後，為偵探他們介紹楓小姐。就讀大學的楓小姐，是老爺引以為傲的孫女，也是街坊鄰居稱讚的美女，非常溫柔。假日會抱著我出外散步，在這種時候，行人都對楓小姐目不轉睛，上次甚至有位蕎麥麵店的外送人員看到入迷，連人帶腳踏車摔進水溝。

「來，楓，事不宜遲，對鵜飼他們述說案件經過吧。」

楓小姐在老爺催促之下，說起昨晚發生的事。

「昨晚，我在二樓房間寫報告，當時是凌晨兩點左右。想稍微喘口氣的我，走到一樓廚房泡咖啡，在我拿咖啡杯，正要上樓回房的時候……」楓小姐說到這裡，指向眼前的大階梯。「我聽到二樓傳來怪聲，是玻璃的碎裂聲。我嚇得輕聲尖叫，在階梯停下腳步。緊接著，我感覺某人快步穿過二樓走廊。」

「妳沒看到身影，只感受到氣息是吧？」

「是的。我戰戰兢兢上樓，觀察二樓走廊，隨即看到走廊盡頭的房間，也就是爺爺書房的門開著。我覺得不對勁，卻沒勇氣窺視書房，因此我去二樓爺爺臥室敲門。爺爺立刻開門，我說明狀況之後，爺爺說『好，我知道了』就獨自進入書房。」

「原來如此。那麼爺爺，當時書房狀況如何？」

「鵜飼，你沒道理叫我爺爺！」老爺不悅蹙眉。「書房狀況如我電話所說，保險箱開著，重要的寶石失竊……總之你先看看案發現場吧。」

老爺帶著偵探們走階梯上樓。楓小姐看到我們也想跟過去，開心露出微笑。

「哎呀，你們也想看現場？好啊，來吧。」楓小姐說完，以雙手抱起我與小愛。「小桃也要來嗎？」

媽媽「汪」了一聲，迅速跑上階梯。

老爺愛乾淨，書房整理得一絲不苟。如今只有保險箱邋遢開著。時尚的玻璃盒倒在地上，但是盒子表面的玻璃粉碎，裡面是空的，只有玻璃碎片飛散在保險箱周圍。鵜飼看到這幅光景開始述說。

「原來如此。竊賊打開保險箱，想偷走玻璃盒裡的寶石，此時玻璃盒掉到地上發出響亮聲音，慌張的竊賊沒關保險箱，只拿著寶石衝出走廊，湊巧位於階梯處的大小姐聽到聲音，感受到竊賊的氣息……應該是這樣吧？」

「不愧是名偵探，完全如你所說。」

此時，至今默默旁聽的流平，以詫異表情提出單純的問題。

「保險箱這麼好開？」

「不可能，這個保險箱是特製的。你看這個。」老爺說著取出一把鑰匙。「這是保險箱鑰匙，是運用現代尖端技術打造的最新鑰匙，基本上不可能備份。」

老爺以這把鑰匙鎖上保險箱，保險箱的門動也不動。流平見狀再度納悶。

「鵜飼先生，這就奇怪了，竊賊究竟怎麼打開這個最新型保險箱？是破解保險箱的專家犯案？」

「不，這可不一定。」鵜飼慎重搖頭，轉身面向老爺。「話說回來，老師，這把保險箱鑰匙平常收在哪裡？」

「嗯，鑰匙存放在這裡。」老爺將最新型鑰匙收進自己書桌抽屜，以像是玩具的小鑰匙上鎖。「鵜飼，怎麼了？」

「還問我怎麼了……」鵜飼無奈低語之後，從胸前口袋取出小鐵絲。「恕我失禮一下。」鵜飼將鐵絲插進抽屜鑰匙孔一轉，抽屜立刻開啟，偵探五秒就取得最新型鑰匙。「老師，這樣沒意義喔。」

「唔、唔唔……不過，光是取得鑰匙也打不開保險箱，必須轉動號碼鎖，而且數字的排列組合有無限種。」

「喔，可以請您開開看嗎？」

「沒問題。」老爺握住保險箱號碼鎖。「唔～記得號碼是往右三十二……咦……

不對，不是……喔喔，對了，就知道可能會這樣……喂，鵜飼，剛才的抽屜有張紙條吧？」

「啊，您說這個？」鵜飼從抽屜取出一張白紙，唸出內容。「往右三十六、往左十四、往右二十二。」

「就是這樣！嗯，往右三十六……」

「老師，可以了。」鵜飼無奈搖頭，看向助手。「流平，如你所見。不需要破解保險箱的專家，任何人都能打開這個保險箱。」

「唔~原來如此，這只是個偽裝成保險箱的普通箱子。」

流平反倒是佩服地雙手抱胸。楓小姐愧疚縮起身體，向偵探他們低頭。

「偵探先生，不好意思，爺爺他最近完全變成老糊塗……」

「喂，楓！老糊塗是怎樣！我不是老糊塗！」

老爺怒氣沖沖，斥責楓小姐沒禮貌。旁邊的鵜飼以悠哉笑容點頭。

「是的，大小姐，老師並不是老糊塗，他從以前大致都像這樣糊塗。」

「哇，聽您這麼說，我就放心了！」

我看著楓小姐鬆一口氣，對身旁的小愛打耳語。

「太好了，我們也放心了。」

「笨蛋，這不是能放心的事。」

小愛後面的媽媽也默默點頭。

「話說回來，我有個單純的疑問。」流平詢問老爺：「既然寶石失竊，就完全是竊案了，為什麼不報警？」

「喔喔，青年啊，這是因為鵜飼比警察優秀。畢竟說到鵜飼杜夫，他可是公認烏賊川市最高明的名偵探……」鵜飼這麼說。

「…………」奇妙地停頓片刻之後，流平嘲笑般輕哼一聲，無視於鵜飼的發言。「花見小路先生，實際上是什麼原因？」

「其實應該報警吧，但我不想這麼做。」這次確實是老爺回答。「從楓剛才的敘述就知道，竊賊犯案之後，肯定來到二樓走廊。楓當時在階梯上，所以竊賊沒辦法走階梯下樓。那他是從二樓跳窗逃走嗎？但這也不可能。因為當時宅邸周圍已經積了不少雪，我在竊案發生之後，將楓留在二樓走廊，獨自檢視宅邸周圍，卻完全沒看到凶手的腳印。當時雪勢減緩許多，所以腳印並不是被雪蓋掉。換句話說，竊賊並非從二樓跳窗逃走，那麼……」

「那就是內賊。肯定沒錯。」鵜飼得意說出連我這個孩子都知道的結論。

「嗯，很遺憾，只能如此推測。報警會害得花見小路家的家醜外揚，我想避免這種結果，才會逼不得已找鵜飼過來。」

「逼不得已是怎樣！」鵜飼憤慨抗議。「哎，好吧。簡單來說，嫌犯是昨晚在宅邸二樓就寢的人。所以是誰？」

「在二樓就寢的人，除了我與楓只有兩人。司機小松秀則以及親戚溝口勇作。」

「司機小松先生是剛才在玄關應門的那位吧。司機平常都住在這個家？」

「不，只有最近。我的兒子與媳婦，也就是楓的父母，現正因為校務出國出差，家裡這段時間只有我與楓，這樣實在疏於防範，所以我請小松來這裡住。」

「那麼溝口勇作先生呢？」

「那個傢伙是擅自住進來的。溝口宣稱想創業，最近屢次來我家要求出資。我當然每次都拒絕，但他總是沒學乖找上門，而且終究是親戚，也不能拒絕往來。他只要上門就可能在這裡住幾天，昨晚也一樣。」

「喔，聽起來挺可疑的，很適合成為嫌犯。」

鵜飼躍躍欲試，老爺卻出言阻止。

「不，我不是想委託你找竊賊，是找寶石。」

「也就是說？」

「昨晚，我確信這是自己人犯下的竊案，立刻叫醒二樓的溝口與小松，命令他們離開房間。我當然對他們仔細搜身，不只是身上的衣服，甚至嘴裡與耳朵都找過，確認兩人身上什麼都沒有之後，將他們趕出房間直接鎖門。你明白這麼做的意思吧？」

「原來如此。無論竊賊是溝口或小松，失竊的寶石肯定留在上鎖房間。換言之，只要搜索房間找到寶石，就知道誰是竊賊。老師的做法挺機靈的。所以結果如何？」

「嗯，我與楓立刻分頭，徹底搜索兩個房間……」

「卻沒找到寶石是吧？原來如此，找不到最重要的寶石就束手無策。」

「請等一下。」流平插話詢問：「凶手會不會把偷到的寶石，藏在自己房間以外的地方？例如走廊或是二樓其他房間。」

楓小姐搖頭回應。

「不，走廊沒地方藏東西。而且從時間判斷，竊賊應該沒機會進出其他房間。竊賊行竊時發出響亮的聲音，肯定光是回到自己房間就沒有餘裕。而且案發之後，溝口先生與小松先生確實都在自己房間，所以我與爺爺只要搜索他們的房間就好。然而很神奇的是，在兩個房間都找不到寶石，就這樣找到天亮之後……才會逼不得已請偵探先生過來。」

「連大小姐都說『逼不得已』……」鵜飼露出有點受傷的表情，抬頭重新振作。「我大致明白狀況了。簡單來說，只要重新搜索兩人房間，找出失竊的寶石就行吧？小事一樁。所以兩人的房間在哪裡？」

「小松在走出書房的第三間，溝口在第四間。」老爺說著，將身上兩把鑰匙交給鵜飼。「這是房間鑰匙，兩把鑰匙我一直帶在身上，所以溝口與小松被趕出房間至今未曾踏入房間半步。寶石肯定還在其中一人的房間裡，請務必找出來。」

「老師，請交給我吧。看來這個竊案沿襲愛德華著作《失竊的信》的模式，既然這樣就不會太難，我一定會回應您的期待。」鵜飼充滿自信握拳搥胸，立刻向身旁青年搭話。「好，流平，上工吧，徹底搜查這兩個房間。」

偵探鵜飼與助手流平威風打開書房的門，衝到走廊。

「那兩人不要緊嗎……」

楓小姐看著兩人離去的門，擔心低語。但她還沒說完，書房的門再度迅速開啟，鵜飼探頭進來。

「啊，老師，我忘記問一件重要的事。失竊的寶石是鑽戒吧？」

老爺嘆氣搖頭。

「不是鑽石，也不是戒指，是紅寶石。鮮紅的紅寶石裸石。」

3

偵探他們一反原先的預料，遲遲沒完成尋找寶石的任務。數小時後，偵探他們掛著束手無策的表情來到走廊，疲憊相視搖頭。溝口勇作從一樓走到偵探他們面前，露出誇耀勝利的笑容。

「偵探先生，怎麼樣，在我房間找到寶石嗎？看來你什麼都沒找到。那當然，到頭來我根本沒偷東西。那個老爺爺似乎一口咬定是我偷的，但這誤會可大了。偵探先生也該放棄質疑，承認我的清白了吧？」

「嗯，要承認也無妨，但是這麼一來，竊案會是什麼狀況？」

「很簡單，竊賊是那個司機小松。既然我是清白的，只可能是他犯案。」

「小松先生的房間，我仔細找遍每個角落。」流平介入兩人的話題。「但還是找不到紅寶石。」

「那就代表我們都清白。竊賊拿著紅寶石逃離宅邸了。」

「完全沒在雪地留下腳印就逃離？不可能。」鵜飼搖頭回應。

「不然是怎樣？竊賊把偷到的紅寶石當成煙霧變不見？哼，荒唐！總之竊賊不是我，要找就去小松房間找，那邊最好找得用心一點。」

溝口勇作留下這番話，踩著粗魯的腳步聲跑下樓。

我目送他的背影詢問：「媽媽，妳覺得他怎麼樣？」

「這個嘛，目前還不能斷言任何事。」媽媽慎重其事地搖頭。「溝口勇作確實是個討厭的人，但沒證據就不能認定他是竊賊。」

「果然得用紅寶石當證據吧？」小愛似乎很愉快。「希望偵探先生他們，能夠順利親自找到。」

小愛說得沒錯。我們朝偵探他們投以充滿期待的視線。

此時，偵探鵜飼忽然詢問助手青年：「流平，你覺得他怎麼樣？」

「這個嘛，目前還不能斷言任何事。溝口勇作確實是個討厭的人，但沒證據就不能認定他是竊賊。」

「果然得用紅寶石當證據了。希望我們能夠順利親自找到。」

「…………」面對這種誇張狀況，我不禁大叫。「慘、慘了，小愛，這些人和我們的等級幾乎一樣！」

「真的耶！動物的等級！」

「這、這是巧合！只是巧合，所以不用擔心！不可以慌張！」

媽媽拚命強調「巧合」，試著安撫我們。

偵探他們無視於我們的驚慌，再度開門要進入溝口房間。機會來了。我們即將關門時迅速一躍，成功入侵室內。我們得以有機會親眼觀察溝口勇作的房間。

室內是所謂的客房，只放置床、電視、桌椅等最起碼的家具，相當冷清。桌上擺著葡萄酒瓶與杯子，是溝口昨天打趣讓我喝的酒。我記得那張標籤，所以肯定沒錯。我光看就再度胸悶作嘔。「唔嗯……」

但偵探沒察覺我們，就這麼看著窗外討論。我們躲在床後偷聽兩人交談。

「鵜飼先生，找這麼仔細都找不到，我認為只剩下兩種可能性。」

「喔，哪兩種？」

「首先，走投無路的竊賊，可能將偷到的寶石扔到窗外。帶著寶石將會被認定是竊賊，竊賊認為比起因為竊盜罪被扭送警局，還不如扔掉寶石。」

「嗯，確實可能這樣。但是竊賊好不容易得到寶石，真的會輕易扔掉嗎？而且無法確定事後能不能撿回來……咦？」眺望窗外的鵜飼，忽然發出詫異的聲音。

「小松的房間有陽臺，這個房間卻只有防墜鐵窗。」

「很正常吧？每個房間都有陽臺反而奇怪，又不是集合住宅。」

「話是這麼說，不過流平，你應該好好找過陽臺吧？」

「那當然。陽臺什麼都沒有，只擺著空調室外機，沒有紅寶石。」

「這樣啊……所以，第二個可能性是？」

「這是比較粗魯的做法。走投無路的竊賊，把偷來的寶石扔進嘴裡！」

「嗯？但老師說他連嫌犯們的嘴裡都查過啊？」

「不，我不是說把寶石藏在嘴裡，是吞掉寶石。寶石在竊賊肚子裡。」

「原來如此，確實粗魯。不過紅寶石說穿了是堅硬的石頭，人類有辦法輕易吞下石頭嗎……唔！」鵜飼說到這裡，忽然停頓轉身。「誰躲在那裡？」

鵜飼擺出備戰姿勢，如同在暗處遇見殺人凶手。但我們一起從床邊現身之後，他像是掃興般嘆了口氣。

「什麼嘛，原來是剛才在走廊的狗。究竟是幾時溜進來的？不可以這樣吧……好了，嗯嗯，好～好乖好乖，好～好乖好乖好～好乖，好～好乖好乖好乖，好～好～好乖好乖好乖……」

「鵜飼先生，你摸過頭了啦！你多喜歡狗啊？看，狗都在抗拒了！」

「可是我的事務所不能養狗，所以得趁能摸的時候摸個痛快……嗯？」

這一瞬間，鵜飼忽然繃緊表情。他盯著我一直看，接著忽然起身，默默在原地像是畫圓般走動。不久，他大概是思緒整理完成，反覆點頭之後愉快開口。

「原來如此，嗯，流平，我懂了。不，慢著，還不能斷定。但確實有可能……」

「鵜飼先生，怎麼了？」

「沒事，只是除了你說的可能性，我想到另一種可能性。總之我覺得值得確認。嗯，立刻行動！」

鵜飼自言自語輕聲說完忽然衝出房間。留下來的流平不明就裡，默默歪過腦袋。

我當然也無法理解偵探的行動。

這天晚上，老爺忽然準備外出。他說和朋友約好一起打獵，如今無法臨時拒絕。既然要打獵，就輪到身為獵犬的媽媽大顯身手了。我與楓小姐在玄關目送扛著獵槍的老爺帶媽媽外出。

「用不著這麼晚出發吧……」

「楓，抱歉。但妳別擔心。我請鵜飼在家裡戒備一個晚上以防萬一。他雖然不可靠，但應該能代替看門狗。那我出門了。」

老爺舉起單手道別，旁邊的媽媽舔了舔我的臉。

「綠綠，那我出發了。就算媽媽不在家，你自己也睡得著吧？」

「嗯，沒問題。媽媽也加油喔。」我笑著回應，但內心其實有點不安。

老爺與媽媽搭乘前來迎接的車子離開宅邸。我與楓小姐懷抱不安心情，從玄關回到屋內。在走廊前進時，某處傳來鼾聲。

「是誰啊……」

楓小姐看向飯廳，偵探正在睡覺，他前面擺著空葡萄酒瓶。

這天晚上對我來說特別漫長。平常狹窄的狗屋，也因為媽媽不在而莫名寬敞，令我好害怕。小愛看著這樣的我，擺架子說出「真丟臉，這樣還叫男生嗎？」這種話。這孩子明明比我小，卻真的老是把自己當成姊姊。不過在這種場面，她的這一面莫名可靠。

我與小愛相互依偎，縮在狗屋角落睡覺。我剛開始不安得難以入睡，但睡魔終於來臨，我睡得比平常淺一點。

不曉得經過幾個小時，我忽然在黑暗中清醒。因為我感覺到有人接近狗屋。我抬頭觀察周圍，確實有人。這是人類踩踏融雪地面的腳步聲，就在狗屋外面。是楓小姐嗎？不，不是。楓小姐的腳步聲，我光用聽的就認得出來。那麼究竟是誰？今晚住在宅邸裡的人，除了楓小姐只有溝口、小松與鵜飼偵探……

我如此心想的瞬間，一隻手從入口伸進狗屋。是男性的手。這隻手筆直伸向熟睡的小愛，試著抓她的脖子。

糟了！小愛有危險！我甩掉恐懼心，不顧一切狂咬這隻來路不明的手。可惡，可惡，放開小愛！

「好痛！混帳！」

響起男性的臭罵聲，伸進來的手像是嚇到般縮回去，但對方沒有死心，再度將手伸進小屋。在這個時候，小愛總算察覺到危險而清醒，她一看見伸到眼前的手，就害怕得大聲叫喊。

「這是什麼！怎麼回事？呀啊！住手！嘎！住手啊！嘎嘎！快住手啦！嘎嘎，嘎嘎嘎，呱呱呱，呱呱呱！」

小愛努力伸展小小的翅膀，在狗屋裡亂竄。白色羽毛在狹窄黑暗的空間飛舞。小愛，冷靜下來！但小愛依然叫個不停。這個時候，狗屋外面忽然響起一個悠閒搭話的男性聲音。

「哎呀哎呀，這麼晚了，你究竟在做什麼？」

響起倒抽一口氣的聲音。男性縮回手，慌張起身。「是、是誰？」

「是我啊，我是鵜飼。」從狗屋外面樹木暗處現身的是那名偵探。鵜飼走向這名男性並且詢問：「你抓那隻鳥想做什麼？」

「可惡，中計了！」男性扔下這句話，拔腿從鵜飼的反方向跑走。然而他跑不到十公尺就慘叫。「嗚、嗚哇啊啊！」

一道黑影如同砲彈從黑暗中竄出來。男性尖叫停下腳步。黑影發出吼聲咬住男性的腳，男性如今動彈不得，發出害怕的聲音無力蹲下。

「好，可以了！放開！」

忽然響起老爺的聲音。咬著男性的黑影，聽話離開男性。黑影的真面目是……

「媽媽！」我稍微愣住，卻還是跑到媽媽身邊。

男性在媽媽旁邊呻吟。

4

不久之後，老爺、楓小姐與鵜飼偵探聚集在花見小路家的客廳，我與媽媽當然也在。小愛如今也恢復平靜。

「鵜飼，究竟是怎麼回事？以我也聽得懂的方式說明吧。」

老爺要求偵探說明。一旁的我也請媽媽說明。

「這是怎麼回事？媽媽不是和老爺一起外出打獵嗎？」

「媽媽也不清楚，但打獵似乎是謊言。老爺只是假裝外出，立刻就回到宅邸，肯定是設陷阱引竊賊上鉤吧。」

確實如媽媽所說，上鉤的是司機小松秀則。不過，這是怎樣的陷阱？小松為什麼要襲擊小愛？我不知道小松為何要欺負鴨寶寶。

偵探在老爺面前開始說明。

「在時間與空間都有限的狀況，竊賊如何藏匿偷來的寶石？這就是本次案件的重點。但我們再怎麼搜索嫌犯們的房間都沒找到寶石。當時流平提出兩種可能性。第一是竊賊將寶石扔到窗外，第二是竊賊吞下寶石。但我聽完之後想到第三種可能性，也就是流平所提示兩種可能性組合而成的做法，同時也是著名的走私手法。」

「走私手法？」

「是的。各位知道以鴨子走私鑽石的手法嗎？簡單來說，就是在國外讓鴨子吞下到手的鑽石帶回國，之後再剖開鴨肚取出鑽石。不過這種手法如今應該行不通吧……好啦，我說到這裡，各位應該明白了。」

「原來如此！我逐漸懂了。」老爺緩緩述說自己的推測：「竊賊從我的書房偷走寶石，他在竊盜時發出太大的聲音，連忙逃回自己房間。竊賊認為寶石繼續留在身邊不太妙，湊巧在陽臺發現鴨子，靈機一動想到利用鴨子的那種走私手法，讓鴨子吞下寶石再放走鴨子，所以宅邸周圍的雪依然平整……是這樣吧？」

「不愧是老師，推理得真好。您想到竊賊是利用湊巧待在陽臺的鴨子，這一點非常犀利。實際站在竊賊的立場，發出響亮聲音是預料之外的疏失，不可能預先準備這種手法。所以應該如老師所說，是靈機一動這麼做的。不過老師，雖然我不忍心講得像是害您出糗，但鴨子不會飛。」

「唔！」

「不會飛的鴨子，要怎麼湊巧出現在二樓陽臺？何況將不會飛的鴨子放到窗外，也只會筆直摔下去，在雪地留下明顯的痕跡。老師，您連這個都不曉得？」

「哎，我只是稍微搞錯！不准一直追究！何況是你說竊賊使用鴨子手法吧？

而且實際上，小松確實想抓小愛啊？小松想抓住小愛，取出肚子裡的紅寶石，對吧？」

「老師，我沒說這個案件的竊賊用了鴨子。何況小松並不是要抓小愛。他只是將手伸進狗屋，湊巧碰到睡在裡面的小愛。小松的目標不是鴨子小愛，是一起熟睡的綠綠。我想，綠綠應該是綠頭鴨吧？」

啊？

我一瞬間懷疑自己聽錯。鵜飼偵探好像講了很奇怪的事。

我是綠頭鴨？綠頭鴨是什麼？是鳥吧？我是鳥？莫名其妙。我是狗喔。既然媽媽是狗，我當然也是狗。對吧，媽媽……「我是狗吧？」

然而，媽媽露出悲傷的表情搖頭。

「綠綠，偵探先生說得沒錯。你不是狗，是鳥。是綠頭鴨。」

不會吧……我腦子一片空白。

「是的，綠綠確實是綠頭鴨。」楓小姐落井下石這麼說。

「那個，恕我離題，花見小路家為什麼會養綠頭鴨當寵物？」

「說來話長。這是在去年春天，我跟爺爺去打獵發生的事。我們遇見一個沒有母鳥的鳥巢，一隻雛鳥剛好破殼而出。雛鳥探頭的瞬間，看見爺爺帶來的小桃……偵探先生知道銘印效應吧？」

「將出生第一眼見到的物體認定是母親的行為吧？部分鳥類尤其明顯。喔，也就是說……」

「是的。這隻雛鳥出生第一眼見到的是小桃，後來就認定小桃是母親。我們同情這隻雛鳥，決定帶回家當成寵物飼養，這隻雛鳥就是綠綠。綠綠至今似乎也認定小桃是母親，或許認為自己是狗吧。」

鵜飼大幅點頭回應楓小姐這番話，回到正題述說案件。

「綠綠認定自己是狗還是鳥，在這個時候不成問題。問題在於竊賊這個手法利用的是家鴨還是綠頭鴨。不過如我剛才所說，家鴨做不到這種事，因為家禽不會飛。另一方面，綠頭鴨是野生動物，擁有會飛的翅膀。認定狗為母親而長大的綠綠，當然無法像野生綠頭鴨那樣翱翔於天空吧，但應該還是可以飛上二樓窗臺，從二樓窗臺也能滑翔五至十公尺。既然能飛這麼遠，就不會在宅邸周圍雪地留下痕跡，只會在宅邸遠處留下小小的鴨腳印。肯定沒錯，小松讓湊巧出現在陽臺的綠頭鴨綠綠吞下紅寶石放到戶外，這就是真相。」

「唔唔，原來如此……」

「如此推理的我，對竊賊設下陷阱。竊賊肯定想要盡快從綠綠肚子取出寶石，在這種狀況，最大的阻礙是和綠綠形影不離的恐怖媽媽——小桃。所以我請老師假裝今晚帶著小桃外出打獵，竊賊應該會認定這是大好機會。正如預料，小松將手伸進綠綠睡覺的狗屋，反而暴露自己的犯行。」

「太漂亮了，鵜飼。不過，你是早就察覺竊賊是小松，還是抓到竊賊才知道是小松？我反而一直認定竊賊是溝口。」

「我早就幾乎認定是小松。因為溝口的房間沒有陽臺，窗戶只有防墜鐵窗。但綠頭鴨是水鳥，腳上有蹼，甚至無法像麻雀那樣停在柵欄上，所以綠綠不可能出現在溝口房間窗邊，我因而認定小松才能利用綠綠。不過我只有一件事搞不懂，就是平常在狗屋睡覺的綠綠，為何只在昨天位於小松房外的陽臺。」

偵探說完之後，老爺與楓小姐都大幅點頭同意，但我無法同意。

騙人，騙人，不可能，這肯定是哪裡搞錯了。我昨晚和往常一樣睡在狗屋，不可能待在小松房外的陽臺。對吧，媽媽……「我一直在狗屋睡覺吧？」

不過，媽媽這次也維持悲傷眼神搖頭。

「你昨晚喝葡萄酒喝醉，所以應該不記得了，但你昨天深夜忽然獨自起身，走到狗屋外面大幅展翅。媽媽半夢半醒之間看見這一幕。早上醒來的時候，你好好待在狗屋，一如往常睡在媽媽旁邊，所以媽媽也以為那是夢……但果然沒錯。綠綠，你昨晚就這麼喝醉外出，振翅飛翔了一陣子。」

啊啊，連媽媽都這麼說！我像是聽到恐怖的話語般，用力搖頭。

「騙人，騙人。我是狗，我是狗。我哪會飛，哪會飛，哪會飛！」

「你說這什麼話！適可而止吧！」旁觀我反應的小愛，像是不耐煩般大喊：

「好了，給我看清楚。你不是有雙比我更氣派的翅膀嗎？嘴也一樣，你看，跟我很像。你不是狗，是綠頭鴨，和我一樣是鳥，所以我們才會和樂相處啊？楓小姐特地帶我這隻鴨子過來和你交朋友。如果你是狗，楓小姐就不會帶鴨子，而是帶母狗回家。」

「不對，不對。我不是鳥，不是鳥，不是綠頭鴨，不能是綠頭鴨。我是狗，我是狗，我是狗，我是狗，我是狗，嘎，嘎，嘎，嘎嘎，嘎嘎嘎，嘎嘎嘎，呱呱呱，呱呱呱！」就在這個時候，瘋狂大叫的我出現異狀。「嘎！」

今天早上起床感覺到的胸悶與腹脹，化為強烈的嘔吐感，從身體深處湧現。我隨著特別響亮的一聲叫喊吐出異物。

「咕呱！」

我嘴裡飛出一個物體。偵探立刻走到我前面，以指尖撿起落地的物體。「啊啊，這樣剛好，託福用不著剖開這孩子的肚皮了。」

偵探以西裝袖口仔細擦拭那個物體，高舉在老爺面前。

是閃耀紅光的小石頭——紅寶石。

我昨晚曾經飛到空中的鐵證。

我不再鳴叫，改為詢問媽媽。

「我果然是鳥吧？」

「對，你是鳥，是綠頭鴨。」

「我不是狗吧？」

「對，你不是狗。」

母親的語氣果斷，卻和平常一樣溫柔。我絞盡勇氣，詢問最重要的事。

「既然我不是狗，媽媽就不再是我的媽媽？」

「別說傻話。無論你是鳥還是狗，都一樣是我的孩子吧？」

我聽到媽媽這番話，某種溫熱的東西緩緩溼潤眼眶。太好了。我是綠頭鴨，媽媽是狗，所以我應該沒辦法成為媽媽那樣的獵犬，但我們依然是母子。至今如此，今後也是如此。

我如同要隱藏喜極而泣的淚水，響亮「呱」了一聲。

小愛也一起「呱」了一聲。

媽媽舔我的臉，「汪」了一聲，欣慰地大幅搖晃尾巴。

初次刊載一覽

藤枝公館的完美密室　《GIALLO》四十二期（二〇一一年夏季號）

時速四十公里的密室　《新・本格推理 特別篇》光文社文庫（二〇〇九年三月號）

七個啤酒箱之謎　《GIALLO》四十期（二〇一〇年冬季號）

雀之森的異常夜晚《GIALLO》四十一期（二〇一一年春季號）

寶石小偷與母親的悲傷《GIALLO》三十一期（二〇〇八年春季號）

逆思流

好想趕快成為名偵探

（原名：はやく名探偵になりたい）

作者／東川篤哉　譯者／張鈞堯
榮譽發行人／黃鎮隆　總經理／陳君平
協理／洪琇菁　國際版權／黃令歡
執行編輯／呂尚燁　美術主編／李政儀
企劃宣傳／楊玉如、洪國瑋
出版／城邦文化事業股份有限公司　尖端出版
台北市中山區民生東路二段一四一號十樓
電話：（〇二）二五〇〇七六〇〇　傳真：（〇二）二五〇〇二六八三
E-mail：7novels@mail2.spp.com.tw
發行／英屬蓋曼群島商家庭傳媒股份有限公司城邦分公司
尖端出版　行銷業務部
台北市中山區民生東路二段一四一號十樓
電話：（〇二）二五〇〇—七六〇〇（代表號）
傳真：（〇二）二五〇〇—一九七九
讀者服務信箱：**sandy@spp.com.tw**
中彰投以北經銷（含宜花東）／楨彥有限公司
電話：（〇二）八九一九—三三六九
傳真：（〇二）八九一四—五五二四
雲嘉經銷／威信圖書有限公司　嘉義公司
電話：（〇五）二三三—三八五二
傳真：（〇五）二三三—三八六三
客服專線：〇八〇〇—〇二八—〇二八
南部經銷／威信圖書有限公司　高雄公司
電話：（〇七）三七三—〇〇七九
傳真：（〇七）三七三—〇〇八七
香港總經銷／城邦（香港）出版集團有限公司
香港灣仔駱克道１９３號東超商業中心１樓
電話：（八五二）二五〇八—六二三一
傳真：（八五二）二五七八—九三三七
E-mail：hkcite@biznetvigator.com
馬新經銷／城邦（馬新）出版集團　**Cite(M)Sdn.Bhd.**
E-mail：Cite@cite.com.my
法律顧問／王子文律師　元禾法律事務所
台北市羅斯福路三段三十七號十五樓
二〇一三年十月一版一刷
二〇二二年一月二版一刷

《HAYAKU MEITANTEI NI NARITAI》
by Higashigawa Tokuya 2014

Original Japanese edition published by Kobunsha Co., Ltd.
Complex Chinese publishing rights arranged with
Kobunsha Co., Ltd.
through AMANN CO., LTD

■中文版■

郵購注意事項：
1. 填妥劃撥單資料：帳號：50003021戶名：英屬蓋曼群島商家庭傳媒(股)公司城邦分公司。2. 通信欄內註明訂購書名與冊數。3. 劃撥金額低於500元，請加附掛號郵資50元。如劃撥日起 10～14日，仍未收到書時，請洽劃撥組。劃撥專線TEL：(03) 312-4212 ・ FAX：(03) 322-4621。E-mail：marketing@spp.com.tw

國家圖書館出版品預行編目資料

好想趕快成為名偵探 ／ 東川篤哉 作 ; 張鈞堯 譯. ／ .
--二版. --臺北市：尖端出版, 2022.01 面 ; 公分.
--(逆思流)
譯自: はやく名探偵になりたい

ISBN 978-626-316-378-2(平裝)

861.57 110020187